Best Time

白马时光

喜欢的另一个名字是你

苏秦欢 | 著

Su qinhuan Works

百花洲文艺出版社
BAIHUAZHOU LITERATURE AND ART PRESS

谨以此书，

献给每一个憧憬爱情童话的你。

目 录

目 录

先生笑了起来，月牙眼，小酒窝，
跟十年前并没有多大区别：“以前啊，
我都不敢回头，要是不小心对上你藏在栏杆
后面的眼睛，我那一天就完了。”

中式婚礼贵且麻烦，一开始就不在考虑范围，

只要人对了，便心甘情愿将曾经的少女梦隐藏。

原来不小心竟然藏进了他心里，再被他合手捧出。

写下Ta的名字

写下想对Ta讲的话

第一章

时光与你都恰好

Love Means You

1

先生下班提了一箱橙子回家，说是同事送的。

我还没来得及细问，他刚带的一个叫赵鸥的实习男生，就主动把“背后的故事”详细生动地告诉了我。

事情是这样的：

“叶琪琛，有人送了我几箱橙子，你拿两个尝尝！”

同事新来没多久，大大咧咧直接提着箱子进了先生的办公室。

见先生一头雾水，新同事猛地一拍额头：“我又给忘了，你向来最讨厌这些。”说完就要走。

先生有条原则是“无功不受禄”，十分之坚定。

可是他竟然叫住了新同事：“橙子吗？给我几个吧，谢谢。”

新同事和赵鸥：“……”

新同事：“你……喜欢吃橙子啊？”

据说先生当时被实习生的案例分析气得仿佛全身上下都冒着黑气，而那一瞬间却突然笑了，低着头的样子好像还有点害羞，然后说了一句：

“我太太喜欢。”

2

跟先生遛狗的时候遇到一个卖盆栽的小姑娘，以下是他们的对话：

“先生，买盆多肉吧。”

“不用了，家里有一株大的。”

“先生，这个很好养的。”

“我们家那个也很好养。”

“先生，很便宜的。”

“哦，那算了，我们家那个很值钱。”

我不明所以：“是你家还是我家啊？”

反正新家里没有。

先生笑而不语，捏了捏我的脸。

3

跟先生去郊外看桃花。

天朗气清、惠风和畅的一片好光景，对于在办公室憋久了的人来说当然是乐不思蜀啊！

我指着清澈的湖水喊先生：“好多鹅啊！”

然后……然后大家突然安静下来了，还悄悄地用怪异的眼神偷看我，还笑。

先生笑得眼泪都快出来了，从身后抱住我，说：“叶太太，那是鸭。”

“……”

先生还在怀疑我的专业：“你真是学中文的？”

“……”

“‘春江水暖鸭先知’没学过？”

温馨提示：叶先生，叶太太被你严重戳伤了自尊心，短时间内拒绝跟你说话！

4

先生下班回家，见我坐在沙发上愣神，问我在想什么。

我老实回答："在想怎么跟 Boss 说我明天想翘班。"

先生笑了："那想好了吗？"

我"噔噔噔"跑到他面前——

"Boss！明天我想请个假，你高兴不？"

先生愣了两秒，冷笑："很好，如果你的真实目的不是请假，而是要气死他，然后篡位的话。"

"或者……Boss，看在你那么帅的分儿上，请允许我明天翘班吧！"

先生把我凑上前的脑袋推开："据我观察，他应该没有那么肤浅。"

"要不我简单一点，直接跟他说我明天不想上班？"

他牵着我往客厅走："你干脆辞职得了。"

我不高兴了，不高兴就不想让他牵了："那怎么办嘛？现在赵小蜗难得约我一次！"

"你哄我啊！我高兴了就帮你想办法。"

"……"

第二天一大早，我就兴高采烈地去和赵小蜗会合了。

因为……先生跟 Boss 说我在卫生间滑倒了。Boss 给我批了一周的假，千叮咛万嘱咐先生一定要好好照顾我。

先生撒起谎来脸不红心不跳，端着杯子一边感谢领导关心，一边承诺一定不让领导失望。

我在他脸上亲了一口，满意地出门了。

当然，一切都是有代价的，后面的五天，我差点没在家里憋出毛病！好不容易恢复上班，我拎着包走出家门时恨不得转两圈，这时，先生善意提醒，戏要演得真一些。

到了单位门口下了车，我就扶着老腰龟速前进，回头时，见先生一本正经冲我竖了竖大拇指，而我只想对他竖中指！

5

被同事软磨硬泡带去烫了个鬈发。因为我的头发比较多，发型师说要打薄一点再烫，那样比较有蓬松感。该同事正在热恋期，对周围的一切都是热情、信任的，对上她的星星眼，我深吸一口气：上吧，你总不能让我少个头出去！

三个小时后，先生直接来店里接我去商场，小蜗的女儿过百日宴，我提议去看个镯子啊平安锁啊什么的。

一路上，先生竟然没对我的新发型发表任何评价！

Why？难道比我想象中要好看？还是说学心理学的人承受能力完全不是我等凡人可以比拟的？

反正我盯着后视镜看了一路，怎么看怎么别扭。

直到我挽着他的手臂进了一家珠宝店，满室的珠光宝气晃得我眼花，在服务员齐刷刷的“欢迎光临”过后，先生突然笑了一声：“真像。”

“像什么？”

“二婚来买戒指的。”

我：“……”

我就说怎么那么别扭，敢情是显老啊！

6

无限作死“女蛇精”和无敌正经“假直男”的日常——

先生在书房工作，我在卧室看书。

中途我捂着心脏撞进书房：“不行了！萌得我心尖尖疼！”

可能是“萌”字说得比较轻，先生猛地站起来，两步上前拉开我的手：“怎么了？怎么会疼？你别动，呼吸。”

说完好像还有把我平放急救的意思。

我不得不反应过来：“哎哎哎！没事儿没事儿！”

先生：“……”

我察言观色，识时务地奉上傻笑。

他不理，暗暗松了口气。

我摸摸他的心脏：“这可能是我们二次元少女常用的说法，就是太萌了，心都要化了的意思。”

先生……撒手走人。

我把他带倒的椅子扶起来，坐在上面准备思考“哄人计划 ABC”。

他突然又进来了：“秦欢。”

“啊？”

我扭头，确定他气消了许多。

刚想起身，他已经走到我身前蹲下，抬手摸我的脸：“真的没事儿？不骗我？”

“真没事儿啊！我又没有什么心脏病史……”

我愧疚了。

他皱眉：“刚刚你嘴唇都白了。”

“嗯，因为我今天没涂口红啊。”

“……”

他扭头笑了：“我在生气啊。你能不能不要跑题？”

那，回归正题？

我抱住他，郑重道歉：“我错了。不会有下次了。”

他叹了口气，手掌在我背上拍了拍。

7

我弟跑来我们家打游戏，我在旁边看书。

先生在书房外忙碌，一下问“秦欢，你那双白色鞋子的另外一只去哪儿了”，一下问“秦欢，蜂蜜罐的盖子你又扔哪儿去了”，一下又问“秦欢，你能把洗衣机里的衣服晾一下吗”。

我先是仔细回忆了一下，发现实在想不起来都丢哪儿去了，就想将功补过，把最后一个问题解决了，可惜刚直起腰，但还是没敌得过懒癌发作，便遵从本能又倒了回去。

脚步声越来越近，我索性闭眼装睡。

“苏秦欢！”

门被推开，我确定前两个字是忍无可忍的语气，最后一个字却差点没说出口。

“少辰，少辰！声音小点。”

先生压低声音安排好我弟，再蹑手蹑脚走到我身边把我抱起来，送回房间的床上。

给我盖好被子，最后叹了口气：“睡吧，睡着就不乱来了。”

噗，我差点破功。

8

我的很多朋友都说先生带我就像是带一个孩子。

是这样的，先生他呢，性格的确是沉稳、理智、淡定，可是有些时候，他也很像小孩子啊。

比如有一次我们俩在家，我趴在茶几上画画，他在沙发上看书，跟我隔着三四米的样子。

我就说："哎，你过来。"

他看了我一眼，有点呆："干吗？"

"过来嘛！"

"不。"

"啧！"

我装生气，埋头不理他。

他放下书，走过来坐在我旁边，以为我要他看我画的画。

结果我反手钩着他的脖子亲了一口——

"嘿嘿，回去看书吧。"

他愣了几秒，回去了。

过了半小时，我去冰箱找酸奶，刚合上门，一转身，只见他站在我面前。

"你也要吗？"

他摇头。

"那你干吗？"

"我过来了。"

"我没叫你过来呀！"

我不解。他一动不动，没办法，我踮脚亲了他一下，于是他又回去看书了。

一小时后。

我在书房贴画，他又出现在我身后。

我："不用帮忙。"

他不说话。

我反应过来，想默默绕开他，却被他伸手一拦。

我翻白眼："先生，这就没意思了啊。"

我说完就想硬闯，他笑了一声，抓住我的腰自己低头亲下来。

我刚要发作，他的手机响了，便淡定地转身接电话去了："Hello……"

之后老蒋跟我聊天，问今天我们家有什么喜事儿。

我说："没有啊。"

老蒋不信："骗谁呢？叶琪琛我可太了解了！只有在心情极好的时候接电话才会说 hello，正常情况下就——说！"

"……"

9

"先生，他们都说你对我特别好，你怎么对我那么好呢？"

"你是我老婆，我不对你好对谁好？"

"哪有对老婆那么好的啊，简直是小情人的待遇！"

他笑了："小情人还没来。"

"啊？你还真想找小情人啊？"

这画风不太对啊！

"小情人还没来，来了，会在这里。"

他的手掌覆在我的小腹上，温热无比。

“秦欢，我只喜欢过你一个人。我不知道什么才叫对你好，什么又叫不好，我做的一切都是本能。如果不好，你一定要提醒我……”

“没有，没有！”

我打断他，扑上去把他压在沙发上，脸贴近他的脖子。

“你最好了！”

他搂着我的腰，笑得有些无奈，又有些如释重负：“那就好。”

10

我写论文的时候，先生对我特别特别好，大事小事全往自己身上揽，端茶送水削水果，我要是不小心趴在电脑前睡着了，他还负责轻手轻脚抱我回床上……总之，后勤工作做得十分到位。

等我忙完他开始写报告后，我就……待在朋友家，待在大娇家，待在苏老师家，总之，就——是——不——回——家——

难得两次在家，我说我陪你吧，就坐在他旁边玩手机，过了几分钟，头就开始一点，再一点，于是他就让我回房间睡了。

我回到房间把门一关，立马开心地在床上滚来滚去地玩手机，等意识到他关灯准备进门了，我就把手机往床头柜上一扔，钻进被子里，假装被他吵醒的样子哼两声。

有次他动作太快了，我没来得及，手机砸在了肚子上。为了掩饰心虚，我迷迷糊糊问：“你忙完了啊？”

他低声问：“是不是吵醒你了？”

我就故意委屈巴巴地点头：“嗯。”

结果他拿起我的手机：“不好意思，顺便把你的手机也吵醒了。”

“……”

没办法啊，只能耍赖了，我拿回屏幕还滚烫的手机丢回床头柜，不太敢看他：“不是，是空调温度开太高了热的，哎，我都说了不用那么高你还不听！”

他顿了几秒，说了句好，然后就把空调温度调低了，嘀嘀嘀嘀响了好几声。这天气才入春啊大哥……

于是作死的我就被冻得睡不着了，又不敢吭声，就使劲往被子里缩，往枕头里缩，最后听见旁边的他叹了一口气。

算了，算了，我迅速挪过去把他抱紧：“你也没睡着？你冷是不是？不怕，我抱着你！”

他不说话，伸出手去拿了遥控器，嘀嘀嘀嘀几声，温度又上去了。

然后，沉默啊沉默……

我只能再次主动开口：“你刚刚没睡着在想什么呢？”

“想着这次一定要忍住给你个教训！”

嗯，语气十分确定是凶巴巴的。

“那，结果呢？”

“结果不是显而易见吗，没忍住。”

11

某天我们家的车限号，我只能跟先生打车去参加聚会，结束的时候，已经差不多十点半了，路过的公交车上一个人也没有，我一时兴起拉着他冲上去。

车子启动后，他一直扭头看我，我莫名其妙：“你看我干吗？”

他突然笑了一下，侧脸在一闪而过的街灯中或明或暗，看不太真切。

一眨眼的工夫，他突然低头亲下来。

我瞬间僵住。

他绝对不是在外面会放肆亲密的人。

我俩看电影没亲过，逛漫展没亲过，泡温泉也没亲过。

“你还记得我们刚在一起的时候……”他问我，手指还停在我的耳后，有意无意地摩挲。

“有一次我们去你们学校做办讲座，你正好要回家，而老蒋要搭我的车，你不好意思，我就让老蒋把车开走，我跟你坐公交车回去的。”

老蒋是先生的同事兼好友。

我顺着他的思路认真回忆，然而实在过去太久了，脑子乱成一团。

“那天你感冒了，一上车就缩成一团睡了。我坐在旁边，看了你一路。那天我就特别想这么做，可是当时我连给你披一件外套的勇气都没有。”

他好像并不在意我是否记得，自顾自地往下讲，声音有一半被夜风吹散，跟他的脸一样，让人着迷。

“我知道，你当时特别不适应我的存在，不适应我们之间的关系。秦欢，那是我第一次后悔去美国。我问自己，那么多年，我都错过了些什么啊，我差一点就找不到你了。”

我抬起胳膊抱住他，却说不出一句安慰他的话。

他第一次在我面前露出这么脆弱的神情，我深感无措和无力。

“秦欢，我对你的感情不是补偿，甚至不是习惯，而是我最早最重要的计划，时长是一辈子。”

他亲了亲我的耳朵，似乎是为了让我听清，特意放慢了语速。

12

午觉醒来，发现本应该在书房的先生竟然坐在床边。惊讶过后，自然是开心的，我伸了伸懒腰，故意碰到他的肩膀。

他扭头，见我醒了，笑着把腿上的电脑放在床头柜上，转身握住我的一只手腕，眯了眯眼：“簟文生玉腕，香汗浸红纱。”

“……”

看吧，这个人就是这样。不背两句诗好像别人不知道他读过书似的。

我刚想翻个身不理他，没想到他动作更快，一个俯身，两只手臂撑在我的肩膀上，恰到好处地把我困住。

接着开始咬我耳朵：“夫婿恒相伴，莫误是倡家。”

“夫婿恒相伴？”

“嗯，夫婿恒相伴。”

第二章

偷偷摸摸地下恋

Love Means You

1

跟先生在一起的事情对我们俩来说，是水到渠成，但在旁观者眼里，肯定是太突兀太快了点，所以我不建议那么快让我爸妈他们知道，特别是我爸——咱们苏老师一路火花带闪电地闯荡了半生，好不容易开始啤酒泡枸杞了，可受不得刺激！于是之后的小半年，我俩少有的约会自然是千方百计避开四老。

可是“墨菲定律”是怎么告诉我们的呢——怕什么，来什么。

那次去看电影，结束退场的时候，我刚站起身整理裙子，侧身时猛地看见正后方第八还是第九排那对中年夫妇，那不是我亲爹娘吗？！

意外来得太突然，我伸手把刚准备转身往外走的先生用力一拉。

他毫无防备，被我拉得一个趔趄，差点整个人扑在我身上，又因为怕我承受不住，硬生生直接跪了下去！

我看得心惊，连忙也蹲了下去着急地看着他。他皱眉，看着我的眼里都要冒出火星子来了：“苏秦欢！”

我举手投降，小声道：“我不是故意的。我……我爸妈在后面。”

我指了指后排，先生的脸色也变了：“你确定？”

我有些艰难地点头。我知道这很不可思议，因为电影是部动画片！

先生像是不信，要伸出脑袋去看，被我眼明手快直接摁住，我差点给他哭了：“这事儿能开玩笑吗？大哥，你就信我一次行不行？”

大概是我没注意力道，先生眼里又迸出了火星子，把我的手从他的头上拿下来握在手里用力捏了捏：“他们出来看电影没跟你说？”

“说了。”

可我怎么知道他们会来看这个啊！而且二老早就出门了，我以为好歹看完回去了呀，怎么还撞了场？

后来苏老师说，他们出门后，见天色尚早，微风正好，干脆就先去吃了顿浪漫晚餐，才去看的电影。

终于等到二老晃悠悠地走下来，而苏老师突然往我们这边看了一眼，我吓得腿一软，整个人滚进先生怀里。先生大概没想到我那么不经吓，连忙直了直腰抱紧我。

我的大半张脸埋在他的肩膀上，露出一只眼睛，一看差点吓傻！

估计是刚才动作幅度太大，引起了两人的注意，二老就停在那里笑眯眯地偷瞄我们，并且嘀嘀咕咕说着什么。我不敢看下去了，缩回脑袋，使劲往先生胸膛贴，恨不得钻进去。

我看电影有个习惯，就是一定要等到彩蛋或者片尾曲播完才离开，所以不幸中的万幸是，当时人基本上都走完了，不至于丢人。

当然，我是真的不知道我爸妈看电影也有这习惯。或者说，在这之前，我根本不知道他俩还喜欢看动画片！

回去的路上，先生一直绷着脸不说话，我瞄了他好几次后，决定看准时机道歉。

谁知人家完全不买账：“我早就跟你说了，有什么好瞒的？一开始就说了，还会有今天的乌龙吗？大大方方不好，偏要偷偷摸摸！”

得，敢情您是不说则已。

先生把我关在停车场，话也不说，锁也不开。耗了将近半小时，我终于忍不住了："要不就坦白呗。"

嗒，中控锁开了。先生率先下车："不早说。"

"……"

最后自然也没说。

分开回到家后，苏老师和苏夫人正坐在沙发上你侬我侬，为避免心虚露馅，我刚想打个招呼回房，苏老师就举起一盘提子招呼我过去，说是刚买的。

我走过去拿了一颗放进嘴里，苏老师笑眯眯地开口："今天我和你妈在电影院看到琪琛了！"

咳！要不要这么开门见山不带一点铺垫的？害我差点把整颗提子吞下去！

苏老师继续笑眯眯："好像还抱着一个女孩儿！"

"咳咳咳咳咳咳！"

"多大的人了吃个提子还呛着！"苏夫人挪过来给我拍背。

我顺过气来，我决定不能这么一直处于被动的状态："抱……抱着一个女孩儿？"

苏夫人点头："嗯，估计也是看见我们了故意蹲下去的。"

苏老师笑得一脸得意："臭小子！我可是看着他从小长大的，以为出了趟国我就不认识他了？"

"那女孩儿，你们见过吗？"

苏老师："抱在怀里没看清，小小的，身形跟你差不多。"

"……"

2

有一次先生出差将近半个月，忙得一塌糊涂，中途电话都没给我打几个，我挺想他的。

好不容易等他回来了，还是各种忙，每晚都要凌晨才到家。

我本来想等他，哪怕说句晚安也好啊。

可是还没等我把想法说出来，他就威胁我说，要是回来看到我房间的灯还亮着，他就从阳台上翻过去。

后来，我实在忍不住了，等苏老师和苏夫人睡了后，光着脚拎着鞋试图出门，结果门一开，就看到探出个脑袋东张西望的我弟……

我俩的房间面对面，两姐弟目瞪口呆地对视几秒钟后，默契十足地开始装淡定——

我弟："出门啊？"

我："嗯，打游戏啊？"

……

我坐在楼梯间给先生发微信，让他走楼梯。

时间很巧，他回复说刚停好车。

我坐在楼梯上，等啊等，等了好久也不见人，索性边打电话边往上跑，扒着门缝往里看，以为他坐电梯了。电话通了后，我有些着急："你在哪儿呢？"

偏偏没有回音，我刚要问第二遍，先生真实的声音就在身后响起："在你后面。"

我转过身，果然见他笑眯眯地站在我面前。

我也笑，毫不犹豫就往他身上扑，被他稳稳抱住后，才反应过来脚有点僵了。

他把我抱得很紧，脸往我的头发里埋了埋。

“我想你了。”我老实说。

“嗯。所以要做点什么吗？”

“啊？”

他笑了：“没什么。就这么抱着啊？”

“抱着呗。抱着舒服。”

“好。”

3

先生早上出门忘了带钥匙，公公开会没回来，婆婆去单位排练的时候就把钥匙放在我家，让他下班回来自己拿。

苏老师开了门，直接把人往里拉：“就在这里吃吧，今天就我和秦欢在家，秦欢做饭呢。”

我闻声往客厅看了一眼，先生换了鞋，自然地走到沙发前坐下，苏老师躺在旁边的沙发上看球赛，时不时“呵”两声。

在我第四次回头时，终于和先生的视线撞上了，他笑了一下，扭头不知道跟苏老师说什么，苏老师两眼不离电视，连连点头，先生就起身往厨房来了。

我故意提高声音：“欸，你关门啊，待会儿油烟全跑出去了！”

先生回头看了眼苏老师，苏老师也听见了，看过来一眼，大手一挥：“关上关上！”

先生关上门，在我忍不住笑出声前，伸手搂住我肩膀往前带：“看看有没有我喜欢吃的……还真有啊。能吃吗？”

“怎么不能吃啊？”

我不服，取了旁边的筷子夹了块土豆送到他嘴边。

他一脸仔细品尝的样子，看得我迫不及待："怎么样，好吃吗，好吃吗？"

他点头："好吃。"

我满意地笑了："那以后经常给你做。"

他突然不动了，我刚要问怎么了，他弯起眼睛抬起手把我落在脸颊边的几丝头发撩到耳后。

"说话算话。"

4

我在学校参加校运会的彩排，中途下了雨，于是先生就接到了一只落汤鸡。回到家的时候，苏老师和苏夫人都不在家，我的钥匙又还在宿舍，先生就提议去他家。

我扒着门坚持让他给他妈妈打个电话确定会不会突然回来，他打了，还开了免提，婆婆说约好了下班后还要跟朋友去做指甲。

我这才放心地跟他进去。

他让我去洗澡，说给我找件婆婆的衣服，但被我拦住了："我穿她的衣服不就被她发现了吗？"

他笑得特别不怀好意："所以，要我的啊？"

我视死如归地点头。

我洗好澡出来，他在厨房煮饺子，我在客厅坐了会儿，觉得手脚都没处安放，就又走到餐桌前坐了会儿，感觉像是等着他为我服务似的，还是不舒服，于是我做了个大胆的决定——坐流理台。

在家陪苏老师做饭时坐习惯了的。

他扭头看到我时有点吃惊，我以为是嫌弃的意思，紧张得不得了，刚想滑下地，他就走到了我跟前，笑眯眯的，抬手抓起我披在肩膀上的毛巾，在我头上不轻不重地搓了几下："洗完头要及时用毛巾吸下水，不然会感冒，嗯？"

"我知道。我就是……哎呀，你别老把我当小孩子嘛。"

我盯着脚丫子，又窘又害羞。

他手里的动作停了，把毛巾重新放回我肩上，在我抬起头看他时，突然把两只手撑到了我身侧。

我往后仰了仰。

"不到二十岁，不是小孩儿是什么？"

他笑着对上我的眼睛。

我憋了长长的一口气，实在憋不住慢慢呼出来的时候，竟然凭空多了许多勇气，于是我噎回去："不到二十岁，你也……下得了手。"

他有几秒钟没说话，接着就收回了手，撑在腰上，站得笔直："不下手了。"

"啊？我不是那个意思，其实……"

我着急忙慌地要解释，看着他眼底嘴角渐渐升起的笑意，一恍神却更加不得章法，语无伦次得简直想去学院大门口切腹自尽。

太丢人了。

直到……直到我没办法再开口。

那是我们的第二个吻，距离第一个，足有三个月之久。

5

在我最不喜欢的事情排行榜中，一定有一项是——不喜欢跟先生吃饭。

但是有些时候又是万万避免不了的，比如说人家朋友啊同事啊点名“带你家小朋友”一起的时候。

Excuse me？小朋友？

当然，这不是重点，重点是吃饭的时候。

“这个你不能吃，太凉了。”

螃蟹。

“这个也不许吃，待会儿又要胃疼了。”

口味虾。

“别凑热闹，喝你的酸奶。”

鸡尾酒。

我忍无可忍：“这也不能吃，那也不能吃，那我吃什么？”

话音刚落，他突然扭头鼻尖抵着我的鼻尖。

我顺着他的视线看到他微微勾起的嘴角，吓得赶紧把他推开。

同事惊呼，开始打电话：“老婆！快过来！有人屠狗！”

之前听先生提过，高中时候的师兄，也就是刚刚给他女朋友打电话的那个人，大概过了年就要举行婚礼。

准新娘圆圆的脸看起来很和善，我忍不住去搭讪：“听说你们准备结婚了，日子定了吗？”

准新娘笑得一脸幸福：“嗯，定了，2 月 14 日。”

“哦，呵呵，真好。”

我也跟着笑。情人节哎，那不是真好是啥？

“你们呢？”

“……”

好吧，我理解这是人家非常合乎情理的关心啦。但是……

先生看着我，眯着眼睛笑得不怀好意："这个问题，我没法回答。你来吧。"

"啊，哈哈，我们也快了……"

我刚说到"快"字，先生"扑哧"一声就笑开了。

我看着他，莫名其妙。

他捏了捏我的手，另一只手支在唇边咳了两声，然后摇摇头，示意我没事儿，但是明明偏过头还在笑啊，肩膀还一抖一抖的呢！

神经病哦。

回家后，他在楼下突然又笑了。

"你笑什么？"

"很快？"他把我拉到怀里，不轻不重地抱着，分明没有半分醉意，眼里却一片水光潋滟，"是多快？"

"啊？"

"结婚啊。不是你说的吗？嗯？"

嗯？嗯什么啊嗯？说话就好好说话啊？带什么语气词啊？

我不争气地在他低头抵着我额头，一双眼睛直直看进我眼里时，偏过头，动也不敢动。

刚巧苏老师散步回来，咳完了还要用力跺一下脚："嫌家里热是吧？"

"……"

进门前，先生画蛇添足道："刚刚秦欢没吃多少东西，麻烦叔叔给她弄点吃的。"

苏老师一顿，转身努力睁大他的小眼睛："是我女儿，还是你女儿？"

先生厚颜无耻，两手插兜，笑出两个小酒窝："您女儿。"

好不容易等苏老师满意地开了门，身后却传来一句：“我女朋友。”

苏老师把门摔得震天响！

6

先生在我家吃饭，饭桌上苏老师试探他：“陪我喝两杯吧。”

“喝酒伤身，既然叔叔都戒了那么久了，还是不要碰了吧？”

苏老师：“……”

我差点笑岔气，被苏夫人在桌下踹了一脚。

吃完饭在客厅聊天，苏老师自然又是第一发言人。

“这不喝酒不抽烟的男人啊，有什么男子气概？”

不抽烟不喝酒的先生躺枪，好在沉得住气，不仅没反驳，还笑着点了点头，一副十分受教的样子。

我边啃苹果，边替他鸣不平：“爸，您自己不也一样嘛！”

“你爸没有男子气概？”苏老师起身，房子抖了两抖。

我按了按额头：“您当然有了！我是说您不是也不抽烟不喝酒，但依旧那么……嗯，有男子气概嘛！”

苏老师坐下来，地板抖了两抖：“我这是为了给你们营造一个好的生活环境！想当年你妈就是被我抽烟的迷人姿势和吹瓶的功夫给迷倒的！”

万幸苏夫人沉浸在有长腿帅哥的韩剧中听不到，不然还有安宁？当然，要不是这样，借苏老师十个胆子估计他也不敢说。

苏老师继续没事找事：“你呀，嫁人别嫁太高的，不然你打不过！”

净身高一米八二的先生躺枪。

我差点吐血：“他打我，我干吗还嫁给他？！”

先生看我，一脸真诚：“我不会打你，我发誓。”

我满意地笑了："乖。"

苏老师不满被忽视，先是瞪先生："我跟你说话了吗？"

接着瞪我："我是假设！就算他不打你，那太高了有什么好的？进门还怕磕着脑袋呢！"

我更加要吐血："爸！咱家房子至少有三米高吧？"

苏老师："……"

7

先生走后，我和苏夫人盘腿面对面坐在沙发上涂指甲，苏老师叉着腰，围着茶几打转："我就说！我就说！"

我不说话，苏夫人也不说话。苏老师偷看我们两秒，终于决定不卖关子开门见山："我早就说过他有问题！"

我觉得我还是应该配合他一下，于是看了他一眼。

苏老师像是得到了莫大的鼓舞，肥肥短短的食指直晃得我眼花："我就知道他狼子野心！"

"爸，那个词不是这么用的……"

"你爸不是语文老师！"

"……"

哦。

"我说你还不信！"

好吧，食指又跟着晃到我妈跟前去了："从他主动来说要接送秦欢上下学的时候，我就知道他不安好心，你还说我想太多！你还夸他好！好了吧？这下好了吧！"

苏夫人皱眉，干脆反手一推："你烦不烦啊？走远点！我指甲都花了！”

我看着苏老师脸上的一抹粉色，咬紧唇，埋着头使劲偷笑。

苏夫人边吹指甲，边对我挤眉弄眼：“别理他！小叶那么优秀，妈妈很满意！妈妈单位好几个同事还想让我帮他们女儿牵线呢！”

第三章

吾家少年初长成

1

苏少辰是我弟，外号烟花，今年十六岁，极其让人不省心的一个“中二病”晚期患者。

前段时间，他买了个美国队长盾牌式的双肩包，然后他们班一女同学觉得很酷，就问他要链接。

他很大方地说他送人家一个，结果给人家买回来了一个乌龟壳样子的！

于是他的大名就被女高音传遍了半个校园……

当他把这事儿当下饭菜在饭桌上讲得唾沫横飞时，苏老师忍不住放下了筷子，掩面沉思——儿哟，这可怎么找媳妇！

之后，还特别不要脸地见缝插针把锅甩给先生：“你笑什么笑，别以为我不知道，上次还跟人侃大山说什么追女孩子就是要剑走偏锋出其不意呢！”

先生淡定笑道：“哎，你姐能是一般女孩子吗？”

烟花思考两秒，露出服气的表情：“也是，这么个宝，便宜你了。”

我害羞：“哎呀！”

先生给我夹了一个鸡翅，话是接烟花的：“最近受什么启发了，净说些大实话。”

我更害羞："哎呀，你怎么也……"

苏老师开始敲筷子："哎哎哎，我女儿有多好我最清楚，你们别忙着拍马屁！"

我害羞到捂脸："爸……"

2

早上在早餐店偶遇烟花，他一副没睡醒的样子，耷拉着眼皮，没跟我打招呼，我也懒得理他。

他就排在我后面，等我点餐的时候，他突然弯腰把下巴垫在我肩上，抬手给小姑娘比了个"V"字："两份，她付钱！"

"苏少辰，你老实告诉我你这'中二病'还能不能好了？"

"不能好了，一辈子都不能好了，折磨你一辈子，么么哒！"

3

烟花很喜欢踢足球，也很喜欢我去看他踢足球。

午饭后，他给我打电话，说他们下午放学后跟八中有校足比赛，问我要不要去看。

天太热了，我想也不想就答："不去！又不是打架！有什么稀罕的？"

说起他们跟八中的校足球队，也真是够搞笑的，只要不是赛季，平时就他们两个队最爱凑在一起踢，偏偏又特别看不惯对方，经常一场球还没踢完，就要打一架，打完了继续踢，踢完了估计还得打，结束后又可以勾肩搭背一起去吃饭。

我没想到当时八中校足球队队长就在他旁边，说完后，听见他问了句："那，××，今天还打吗？"

对方呛了一声，应该是觉得莫名其妙：“我怎么知道？”

烟花：“那就打呗！我姐想看！”

“……”

烟花：“嘿嘿！姐！你来嘛！我跟他说好了，打！”

“……”

挂电话！

你姐变态啊，想看你们打架？

4

先生出差，晚上我回苏老师家睡。

睡前在卫生间洗脸，刚要拿洗面奶，烟花凑过来：“姐！给我试一下你的洗面奶！”

我直接递给他：“喏！”

泡沫状的，他按了半个手心：“姐！来！我给你按！”

我伸手给他，结果他给我按了一手，直接漫了出来！

我：“你干吗？”

烟花：“你脸大！”

“……”

“你脸大，像老爸！哈哈哈！”

“爸！！！”

苏老师在客厅看球没听到。

苏夫人从卧室出来听到后，赶紧帮忙转告：“老苏！你儿子说你闺女脸大！还说是遗传你！”

苏老师“咚”一声踢开了茶几：“反了你了！他足球呢！我给他分

成两半！”

烟花脸色大变，举着一手泡沫跑出去：“爸，爸，爸！住手——”

5

烟花对足球最狂热的阶段是念初三那年，后来中考前夕，班主任给家长群发了消息，说不怕一万就怕万一，特殊时期，一定要监督好孩子，考完试之前，不要去打球、踢球。

苏夫人不在家，烟花大着胆子求了苏老师一早上，苏老师都没答应，等苏老师回房准备午休了，他就在房间对着墙把足球当篮球练投篮。

他房间跟苏老师房间就一墙之隔，苏老师受不了，跑出来推开门把足球没收了。

安静不到两分钟，烟花又开始弹琴，一下电子琴，一下吉他。苏老师又跑出来，直接把他撵出门了。

然后我就找了个袋子，装上他的球衣球鞋，从窗口丢下去。

少年仰着头，笑得像个二百五。

6

出差前，顺便去学校给烟花送他落在我家的外套，到教学楼下，刚好碰上他同学，就让同学帮忙上去叫他。

两分钟后，烟花两手插兜，一脸似笑非笑地从楼梯口走出来。

我刚要酝酿下离别的愁绪，他就走到我面前，抽出右手，抬高，按在我后脑勺上往前一带，把我用力压在他胸口上……

然而高度没估计准，我没穿高跟鞋，鼻子撞在他的锁骨上，差点失去嗅觉，愣是没闻见一丁点霸道总裁的味道！

“你这叫抱吗？你这叫谋杀！

“你这副德行怎么找得到女朋友！”

7

烟花对化学很感兴趣，于是我就鼓励他以后学化学，结果他又跟我说他怕做实验不小心被炸死。

我汗：“那种小事件……”

烟花爹毛：“那是小事件？一不小心头都被炸飞了！果然最毒妇人心！”

“其实我是想表达那是小概率事件，不用担心。”我自知理亏，弱弱解释。

“你是学数学的吧？中文系用词是这么用的？”

就知道不会轻易被放过，可是为什么老是攻击我的专业啊！

接着烟花说物理也不错，我还没来得及发表观点，他又自我否定说怕被电死！

我觉得我还是别说话了。

他以为我不信，强行解释：“真的啊！一不小心被电得外焦里嫩的，外边的人还以为是什么熟了，进去一看，呀，都可以直接上刀刮了！”

我努力吞下因为想象力丰富而带来的恶心感：“你真的不考虑写小说吗？”

这想象力！

8

烟花的化学老师曾经也教过我，实验课上老师的外套还被我烧了个小洞。老师为人比较朴实，时隔多年，那件外套还在穿。

于是烟花惶恐了：“老师，您这不是在提醒我我姐犯下的错要我承担吧？”

“你想太多了，我这是以自身为例鼓励你们，一定要好好学习，以后啊……”

找个好工作赚大钱，然后买新衣服……大概是这个意思吧。

烟花抢答：“我懂了！”

老师：“嗯？”

“以后一定不要找克扣零花钱的老婆！”

“……”

“真的！我都懂！我们家也一样！”

据说老师掩面而逃了。

我跟苏老师并排坐在沙发上，看着烟花复述得手舞足蹈，结束后，我给面子地鼓掌，猛地听到一阵抽气声。

一扭头，苏老师也掩面而逃了。

9

“双十二”的时候，苏老师逛淘宝，上面不是有很多那种穿起来应该很保暖，但就是外形不太美观，标榜着送老公送老爸的衣服吗，烟花放学回家，就凑过去看了一眼。

看完立马蹦起来：“你现在还能给你老爸买这种，你太幸福了！我以后怎么办啊？你肯定嫌弃这种！你肯定想要好的！那我经济压力得多大啊？”

说得苏老师一愣一愣的，愣完了就伤心了，饭也不吃，翻来覆去念叨自己怎么说也是会有退休金的人，要是连退休金都没有，岂不是要没有衣服穿？

一直念到烟花认错说刚才那是玩笑话，并且承诺以后哪怕只有一块布，也要分三分之二给他，最后忙不迭问：“先吃饭好不好？”

苏老师才点头：“好。”

10

接烟花放学。

“姐！看！”他把他手机递给我。

我一看，一个挺漂亮的女孩子。

“谁啊？”

他报了个名字，我听着耳熟，想了想：“××……欸，不是你们物理老师的女儿吗？”

去年刚上大学。

“对呀！”

我再看一眼：“不是吧……漂亮了这么多！”

“是吧！我刚看到的时候也震惊了！”

我点头：“难怪都说大学是所整容院！”

“是吗？那你那所是无证营业的吧？”

“……”

先生笑。

烟花：“哈哈哈，姐夫，英雄所见略同啊！”

先生继续笑：“略同，略同。”

略你个大头的同！

11

暑假，苏老师和苏夫人要去过二人世界，便把烟花扔给我带一段时间。

烟花这么跟我说："姐，你不要绝望嘛，我很好打发的。你只要把你家客房稍微收拾一下，给我一套干净的床单被套，确保空调遥控器能用。电脑开机密码没改吧，改了的话，把新的留给我，然后冰箱里有足够的牛奶水果，每天早上给我二十块钱吃早餐，哦，还有中午，你们不回来做饭的对吧？那就连午饭一起五十吧，我这几天就省吃俭用一点。晚饭的话，两荤两素吧。啊，今晚我想吃栗子烧鸡，但是我又不喜欢吃鸡肉，放两个鸡腿就好啦！衣服你只用帮我洗外面穿的就行了，记得用洗衣液，我受不了洗衣粉的味儿！至于哪些需要分开和手洗，我再具体告诉你吧，免得你记差了。还有，你下班的时候，去超市买点速冻饺子回来吧，香菇的、三鲜的都可以，我不挑，我晚上可能会饿。"

少年，你是不是对你姐有点误解？

是带着你，言下之意就是收留你，不是供着你！

12

晚饭时间。

烟花："姐夫，我跟你说……"

吧啦吧啦说了一分钟。

先生："呵。"

烟花："姐夫，你知道吗……"

吧啦吧啦又说了一分钟。

先生："哦。"

烟花："姐夫，我问你啊……"

这回得有两分钟！

先生："嗯。"

……

烟花："姐，你怎么不说话？"

我："不好意思，我还没适应我家里有两位男士。"

烟花："这是什么意思？姐夫，她这是在赶我走吗？"

先生："不出意外的话，是的。"

烟花跳起来："你用单音节应付了我一晚上，就因为她想赶我走，你就说了一二三……八个字！"

先生："我也可以一个字不说，直接用行动让我老婆满意。"

烟花："你的出息呢？"

先生："等着，您先吃着，我去改个开机密码和 Wi-Fi 密码。"

13

有句话不是说"平时脾气越好的人，闹起脾气来最严重"嘛，同理，平时越不黏人的人，黏起人来大概就是丧心病狂级别。

这里特指烟花同学。

吃完晚饭收拾好厨房后，先生提议去趟超市。当然是只有我们两个人去逛逛的意思。

结果烟花同学说他也要去买饮料，先生就问要什么，我们给带回来。

但烟花已经冲到门边换鞋了，说什么那种饮料表面上长一个样，但是口味上有很多区别，怕我们拿错了。

我和先生："……"

先生打开钱包，往外拿钱，说那你自己去吧，顺便给漆黑买两包薯片，我们去遛遛大白。

漆黑是我家的猫，大白是我家的狗。

烟花："遛大白啊！那敢情好，一起呗，顺便我跟大白再建立建立感情，免得我一开始补课，它就不认我！"

先生想了两秒："嗯，那你去吧，好好建立，我们去看星星。"

烟花："那不行！我也要去！昨晚你们不是看见流星了吗？我也要去许愿！"

先生："辰哥，成年人的饭后活动您能不掺和吗？"

烟花："你们不能趁我妈不在就欺负我！"

我和先生："……"

我还没说你趁我妈不在欺负我呢！

你妈在就欺负不了你了？

但是我什么都没有说，真的，我脾气老好了！

谁能告诉我他们那代号魔鬼训练营，主张军事化教育，号称试卷连起来可绕地球三圈的学校为什么还——不——开——始——补——课——

14

烟花同学的人缘好，朋友很多，但是真正可以让他无所顾忌的，也就那几个发小儿。

三个发小儿当中，一个去旅游了，一个回了外婆家，一个被迫提前进入补习模式，所以烟花一直赖在我身边，也不愿去跟别的朋友玩。

老三旅游回来了，就马不停蹄地来接他，我一开门，比我高了半头的男孩子立马跪在我面前，满脸即将切腹般的自责："姐！罪臣救驾来迟！"

"没事儿，还可以戴罪立功，处理干净点！"

烟花："……"

老三："辰哥！"

烟花："狗蛋！"

老三："辰哥啊！！"

烟花："狗蛋啊！！"

老三："小的谨代表众多弟兄恭迎辰哥出洞！"

烟花："滚！"

老三："啊呸，是出山，出山！"

15

烟花放学回到家的时候，苏老师正在跟我打电话，问我到哪儿了。

我之前答应他晚上回家吃饭。

烟花连忙问："谁要来吃饭？"

苏夫人说："你姐他们。"

烟花激动了："我姐一个多星期没来看我了！她是不是不爱我了？"

苏夫人："你想多了，你姐估计从来就没爱过你！"

烟花："她现在在哪儿？单位吗？要不我去接她？"

苏夫人："她下乡去了，在回来的路上。"

烟花提高了声音："又下乡！天这么热！那年晕倒差点毁容都不知道长点记性！他们单位是没有男生了吗？"

苏夫人："啧，你懂什么，那是她的工作！"

烟花："我什么都不懂！我就懂她是我姐！上次都快吓死我了……"

不知道为什么，烟花记关于我不好的事记得特别清楚。

我上次中暑晕倒脸被划伤的时候，他刚念完初一，还没开始长个儿，愣是坐在我床边守了一宿，就是因为听见医生说半夜可能会发烧，睡觉也不能压到伤口。

谁劝都不听，困得头都像小鸡啄米了，被先生拉起来时还发火了：“你才当她男朋友几个月？我当她弟弟都十几年了！”

还有更小的时候，我高考那年，倒春寒，我一不小心就得了肺炎，怎么打针都不好，咳得肺都要炸了，苏老师和苏夫人关心则乱，连给我转院的方法都想了，结果他不知道从哪儿查到的方法，给我炖了冰糖雪梨，还煮了罗汉果和金银花水。

那会儿他才念四年级，还有点肉嘟嘟的婴儿肥，那是他第一次下厨。

虽然越长大越“中二”，到现在面都难得给我煮一次，更别提冰糖雪梨了，但是前段时间我生病，他又给我做了一次，技术完全没有退步。

我没有告诉他，吃得眼睛发红并不是因为太烫了，是我突然想起来那段时间我爸妈所有的注意力都放在我身上，才九岁的他，每次放学自己走回家，家里一个人都没有，也没有饭吃，他是怀着怎样的心情蹲在厨房里挖雪梨核的呢?

那小模样，肯定可怜得让人想要抱一抱，可爱得让人想要亲一亲。

16

国庆长假跟烟花出游，中午在商场里吃完饭，看一眼窗外，实在是被那要命的太阳折磨得没了脾气。

我和烟花一人提了一大杯奶茶，选了个儿童区对面的椅子坐了下来。

对面是几台游戏机，那种看着很简单的赚弹珠的游戏，有个小胖哥却怎么也玩不好，仗着有钱，捏了一大把游戏币，屡败屡战，硬是不让后面的人有机会上位。

站在他后面的一个小女孩儿，我俩亲眼看着她跟在旁边店里挑衣服的父母软磨硬泡好久要来的一块钱，就换了一枚游戏币。

并不是说小女孩儿家条件不好，有些父母是这样的，从小就不会让小孩儿有求仁得仁的习惯。

一看小女孩儿就很乖巧，踮着脚看了好几次都没开口。

烟花一拍大腿，同样去换了一枚游戏币。

这时，小胖哥“终于”回头看到了小女孩儿，很是不屑地说：“你就一枚币啊，那让你先玩一把吧！”

烟花用两根手指夹着那枚游戏币走到旁边，眯着眼睛跟小女孩儿说：“哥哥也只有一枚币，你给哥哥数着，我就玩十次，好吗？”

小女孩儿笑眯眯地点头。

小胖哥从鼻孔出了次气：“一枚币怎么可能玩得了十把！”

烟花当没听见这句话，俯下身硬是百发百中地赚了五十个弹珠，全程用时不到一分钟，旁边的小女孩儿眼睛都瞪圆了。

烟花把一手心的弹珠装进装过奶茶的塑料袋里，往游戏机边上一挂，转身把小女孩儿抱到椅子上：“宝贝儿，来，慢慢玩！”

小胖哥生气了：“你、你、你欺负人！”

烟花回了一个看似没脾气的微笑：“乖，等你能用十枚币赢一把的时候，就没人欺负你了。”

说完继续坐回我身边吸奶茶。

小女孩儿连着塞进去五颗弹珠，才赢了四颗，就被她父母叫走了。

她提着那一小袋子弹珠，走了四五步后，又叮叮当当地跑回来，在烟花脸上亲了一口：“谢谢哥哥。”

烟花哥哥瞬间傻了。

小女孩儿亲完就跑，在父母惊呆的眼神中，捂着脸躲到她爸爸的身后，抱着爸爸的腿，露出两只眼睛朝我们看。

她妈妈笑了：“跟哥哥说再见。”

小女孩儿挥了挥手，胳膊弯上挂着的塑料袋又一阵叮叮当当地响。

烟花歪着脑袋，左手抬高在耳朵边，以一种明显逗小朋友的姿势摇了摇。

小女孩儿三步一回头，烟花也一直留给我一个后脑勺。

直到小女孩儿下了电梯，烟花才转过头，第一句话就是：“姐，你生个女儿吧，多可爱。”

“……”

这时小胖哥挪着挪着挪到了我们跟前：“哥……哥哥，你可不可以，教我一下？”

烟花抬着下巴，跟几秒钟前判若两人：“你以后还那样瞧不起人不？”

胖哥摇头，脸上的肉一抖一抖的。

烟花还不饶人：“你还用鼻孔出气不？”

胖哥继续摇头。

“好！”烟花起身，“过来！投币！”

然后这样这样一番，那样那样一通，胖哥总算靠自己摇出了弹珠，顿时手舞足蹈冲着烟花早抬手堵住的耳朵一阵号，开心得像个两百斤的胖子。

哈哈哈。

17

短途旅行回来后，我有一个星期没见到烟花。

第八天早上，苏夫人终于告诉我，回来的第二天，烟花就翻车了，膝盖和小腿剐伤挺严重的，人爬起来第一句话就是“你别告诉我姐啊”。

正好没事儿，午睡起来，我就去烟花学校找他，下午最后两节是体育课，我直接杀到了足球场，难得一天没起风，还出了太阳，绿茵场上挺多穿着球服的小弟弟。

因为没有比赛，观众台上只有烟花一个人。

他穿了件白色的卫衣，靠在椅背上，架着墨镜，一条腿曲着，另一条伸直了搭在前排椅子上，黑色的长裤挽起来，白花花的小腿反着光。

我给他打电话，问：“辰哥干吗呢？”

他接起电话，听出是我的声音后，才猛地坐直，取下墨镜，一点不带喘气儿地撒谎：“踢球呢！”

“哦，您边踢球边接电话啊？”

他很快反应了过来：“那什么，刚中场休息！”

说完拿起旁边的矿泉水拧开灌了一口，还故意发出一种终于缓过来了的叹气声……啧啧啧。

“今天进了几个？”

烟花：“马上就要进仨啦！”

真正的中场休息到了，老三跑去观众台下捡球，边跑边喊：“辰哥，你腿放下，伤口不能晒……”

辰哥中气十足：“滚！”

“行了别演了！我都知道了！下来！我在第四个入口这里！”

烟花：“……”

“来不来？盐水青菜还没吃够呢？火锅吃不吃？”

烟花：“吃！爱你么么哒！”

老大：“辰儿，你跑慢点！”

老二：“辰哥！是不是咱姐来啦？”

烟花：“来你姥姥！不许跟着我！”

18

徐千舟，我关系最铁的发小儿之一，毕业于全国最好的政法大学，律所里最年轻的女律师，有车有房，还有名牌包，前凸后翘，皮肤光滑，就是……没男朋友。

自从听了千舟在相亲时问人家的各种奇葩问题后，我们开始猜测以后烟花相亲会问对方什么问题。

我脑子里一下就蹦出了足球：“我觉得他大概会问人家会不会踢足球吧，然后就不用问了啊。”

苏老师说：“可能会问人家会不会炒花椰菜吧。”

烟花也喜欢吃炒花椰菜，自己也试着炒过，但是不好吃。

苏夫人说：“嗯，我猜会问人家会不会乐器。”

说起来我弟的创作热情还是被我和苏老师一起浇灭的，有一年暑假，他在家“作曲”，在电子琴上叮叮当当弹一遍，再叮叮当当弹一遍，然后亮着眼睛问我们哪个比较好听。

我和苏老师：“有区别吗？”

……

苏老师亢奋了，说拿纸笔来，记下来，赌！他押一百，一年涨一百，看到时是谁赢！

我说我也一百！苏夫人说那就一百吧！

苏老师注意到边上还有一个旁观者没发话：“姑爷呢！押哪个？”

姑爷似笑非笑，看了眼烟花，说："我押个别的吧……押个……他不用相亲。五百，怎么样？"

烟花立马抱大腿："姐夫！姐夫！你真是我亲姐夫！"

我、苏夫人、苏老师："……"

还有这种操作？？？

第四章

回首不见小时光

Love Means You

1

啧，先生是这么一个人，大部分时间里比谁都低调，但是一旦高调起来，那是拽都拽不下来的。

十年前，先生念高三，我初二。

他们的“百日誓师大会”之后，还有一个理科特尖班和文科特尖班的独立动员会。

然后我们学校每个年级派了一个班作为代表去旁听，初二的代表就是我们班。

先生是理科班的发言人，还要顺便负责总结和鼓励，所以在文科班后面。

总结完后，有一个环节是留给初中部的学弟学妹们提问的，拿话筒的小姐姐正好站在我们那一排旁边，话筒就这样被一个又一个同学传过来，跟击鼓传花似的。

到我的时候，我刚想继续给下一个，先生直接开口：“苏秦欢，有什么问题？”

空气突然安静。

我只能硬着头皮站起身，满脑子搜索问个什么问题比较合适。

身后的同学戳了戳我的腰，小声道："问他高考完以后，笔记可不可以送……"

我顺着说："问你高考完，那个笔记可不可以送……"

同学："我。"

我："我？"

先生："你不是要学文科吗？"

我："……"

我迷迷糊糊地"哦"了一声，看见他好像把话筒横起来挡在唇边，扭过头笑了一下，再迷迷糊糊地坐下，最后迷迷糊糊地把话筒传下去。

2

先生高考的时候，我不知道为什么不用上课，是因为不舒服，还是因为恰逢周末，或是因为学校做了考场，记不得了。

苏老师和苏夫人出门上班的时候，正好他们一家也出门了，苏夫人就回头喊我："欢欢，出来跟哥哥说加油。"

我刚挪到门边，就对上先生的眼睛。他斜靠在门上，歪着脑袋，突然掀起眼皮看着我。

他难得地脱下了校服，换上了 T 恤、中裤和帆布鞋。

我不敢跟他对视，就盯着他笔直修长的两条小腿。

那句"加油"完全不知道怎么开口，苏老师抢了先："琪琛啊，好好考，考好了叔叔请你吃饭！"

公公就笑："饭什么时候不能吃啊，真有心，就把秦欢给我们家当儿媳妇！"

先生抬起手，在鼻子下面蹭了蹭，眼睛弯弯的。

苏老师回应："行啊！那就更得好好考，必须得拿个状元才能嫁！"

一行人陆续进了电梯，我依旧站在门边，苏老师还在跟公公强调状元的事儿，先生站在边上，笑着笑着，在电梯门合上前，抬起头看了我一眼。

我握紧了身后的拳头，里面是之前陪外婆去烧香时，在状元塔下面挂状元牌送的红绳。

说不出口，送不出手。

我关上门刚走到客厅，就响起了敲门声，我一打开门就看见了他。

"有东西要给我？"他问我。

我愣了一下，跑回客厅抓起刚放在茶几上的红绳，递给他的时候，手都是抖的。

"这个是在那个状元塔挂牌时送的……"我试着解释。

他眼睛亮了起来："你给我挂的？"

"不是！是外婆，她、她让我转交给你的，让你好好考。"

他笑了下："好，好好考。"

"那你……加油，不要紧张。"

他还是笑："我不紧张。"

"那就……"

"不对。"他迅速"打脸"，"是本来不紧张，现在有点紧张。"

我："？"

他挑了挑眉毛："听说考好了有奖励，就紧张了。"

结果啊，十八岁的先生不负众望考了第一，迈出了娶媳妇的第一步。

哦，娶的还是那个被恩师说"我们琪琛才不会看上"的姑娘。

3

先生毕业那年，高考试卷的难度不是很大，所以他年级第一的分数在接下来三年都没有人超过。

我们是第四届，我的闺蜜何大娇就成了他们班主任最大的希望，也是上了高三，何大娇几次模拟分数超过先生的高考分数之后，他的名字才开始频繁出现在我们的生活中，出自各个领导和老师之口。

恍恍惚惚想起，他原来是个那么优秀的人，而他已经，离开了那么久。

我跟大娇背地里不下一百次把他骂得狗血淋头。

有一次大娇正指着公告栏里说什么也不撤，经长年累月风吹日晒后相片都变得面目全非的三年前的高考喜报破口大骂："你有屁的了不起啊，还不是当年卷子容易，害得老娘因为你多了那么多压力，有本事你别回来啊，回来老娘不整死你我跟你姓……"

唉，总之高考的威力啊，容不得小觑！

当时大娇的世界几乎被"叶琪琛"三个字占满了，数学老师说"其实你的语文比叶琪琛好很多，就是数学落后了一点"，英语老师说"叶琪琛英语是很好，但是你也别放弃，没到最后，谁都不知道结果是什么"，班主任说"数学要是真有难度，我们就抓理综"……

一切都是因为先生当年的班主任那句狂到不能再狂的"十年内绝对不会有人超过我们叶琪琛"！

我当时就坐在何大娇身后的空地上等她，见她终于停了，我以为她骂够了，没想到一回头，竟然是："苏秦欢！跟我一起骂！"

"……"

突然她脸色变了，尴尬和烦躁混杂，我顺着视线回头，糟糕，政教主任！

何大娇快要气疯了，在主任留下一句“跟我来”，就负手离开后，低声骂了句娘，狠狠在公告板上踹了一脚。

那晚在政教处，主任苦口婆心，先是让大娇建立信心调整心态，再把先生夸了一通，让我们也别太偏激，以后嫁个那样的人才是最聪明的选择。

大娇刚被压下去的火气“咻”一下立马又上来了：“还不如嫁头猪呢！”

主任：“……”

我：“……”

大娇瞪我：“你怎么不说话？你想嫁？”

“我……”

然后先生的班主任进来了，特别嫌弃地看着我们：“哼！我们叶琪琛才看不上你们呢！”

看了大娇一眼：“狂妄！”

再看我一眼：“花瓶！”

换成现在的话，大概就是“你们尽管不要脸倒贴，他动摇了算我输”！

后来先生要去拜访恩师，想带我一起，我誓死不从！

前因后果说完后，我赶忙解释：“但是大娇问我的时候，我真没说！”

先生：“是被打断了，还是不会说？”

“我不知道。就是突然就犹豫了……”

看见他笑了，我昏沉沉地砸了自己一大块石头：“但是骂你的时候我没犹豫！”

于是温文尔雅变成了皮笑肉不笑。

当然，最后大娇依旧是没超过先生的分数。大娇同学气了，躁了，对下一届她的一个学霸学弟进行了母亲式的关怀，送笔记本，无偿补课，时刻了解情况……

学弟终于不辱使命，超过叶选手九分，横幅从校内拉到了校外，普天同庆！

大娇抱着我喜极而泣：“老子终于熬出头了！”

4

叶琪琛高中毕业，晚上班级聚餐，他爸妈两人手拉手出去吃烛光晚餐庆祝。

大概十一点的时候，他电话就打到了我爸那儿，让我去接一下他。

给我爸急的，以为他醉得不省人事了，捞起我，钱包塞进我手里，把我咬在嘴里的苹果一抽，就把我赶出门了。

我到的时候，有几个人已经把他送到了门口，我站在旁边，隔着十来米的距离，他回头看了我一眼，笑了一下，示意我等一下，继续转回头，去听他同学讲话。

半醉的男孩子们推搡着他的肩膀，大着舌头反反复复交代他去了资本主义国家，也不要忘记五星红旗。

我眼皮一跳，瞬间就明白了一整天的不爽来自哪儿了。

他要去美国了。

虽然早就知道了，可从他决定正常参加高考后，再也没有人提过，我竟然差点忘了。

他成绩一向好，为外交事业奋斗终生的外公思想又先进，初中就给他定下了出国念大学的目标。

我有点烦躁，踹了一脚花圃，结果……天要亡我！

凉鞋鞋带断了。

还正好被走过来的他看到。

他眨了眨眼睛，看起来没醉。

我窘得立马下蹲，拉着裙角试图遮住狼狈，却始终不得法，看着他不疾不徐走过来的脚步，眼睛一辣就哭了出来。

他蹲在我面前："等久了生气了？"

我不说话，努力调整呼吸想忍住。

"走吧。"

他站起身，想拉我，我没让，跟着起身退后了一步："你没醉就打电话要人接，是有病吧？"

他愣了一下。

那是我第一次冲他吼，完全是为了发泄。

他把目光移到我脚上。

我彻底爆发了："看什么看！自己打车！我不想跟你坐同一辆车！有钱吗？没有我……"

我翻着钱包想给他拿钱，而两只手抖得厉害，那种感觉，现在都还能回忆起来。

害怕。

害怕他什么都不懂，又害怕他全都懂。

他重新蹲在我面前，背对着我："我背你回去吧。喝了点酒，头有点晕，不想坐车。"

深夜的街头空荡荡，长空中难得月光明亮。

路灯安静地伫立一旁，灯下飞着大大小小的飞蛾。

他走得很稳，一点也不像头晕的人。

安静了好一会儿，他才开口，问我为什么要哭。

我顿了好久，才把额头抵着他的肩膀摇了摇头。

“我要去美国了。”他说。

我点头。

他叹了口气，继续道：“你要好好学习。”

我点头。

“上了高中之后，体育场旁边那条河，别去那儿玩，很多青苔，容易踩滑。”

听完这句，我忍不住了，额头重重在他肩膀上磕了一下。

“合着就你去高中是学习，我就是去玩水？”

“嗯？”

他停下脚步，直了直腰，扭过头时，鼻梁差点和我的撞在一起。

我赶紧把整张脸都埋在他肩膀上，不再说话。

5

先生去美国的第二年，我升了高一。

得知隔壁教室是先生高一时的教室，每次路过，都忍不住往里面看几眼，想象着他曾经是以什么样的姿势和表情坐在那儿的。

我们似乎已经算是断了联系，他暑假有各种各样的实践活动，回不来。

寒假回来过年不是回奶奶家，就是回外婆家，最多打个照面，什么时候又回去的，我都不知道。

他的空间很少很少更新，更新了我也不敢点赞。

当然了，我的空间也不会有他看过的痕迹。

有时刚好碰到他前几秒发了动态，想着最少也会停留几分钟吧，接着我就会抓耳挠腮憋出一条仅他可见的动态。

十六岁的我有了爱情的小心机，然而心上人远隔重洋毫不知晓。

后来，我在他家跟毛毛玩，他跟婆婆视频，看到了我蹲在阳台的背影，问是谁。

婆婆笑了："欢欢啊，还能是谁。"

我竖着耳朵，僵着身体完全不敢动。

他要跟我说话。

他在室外，太阳很大，镜头有些花，他笑着问我："长高了？"

我点头："嗯。"

"多高了？"

"一米六四。"

"嗯，到我肩膀了。"

我不知道该怎么接。

他又问："还瘦了？脸看着小了很多。"

我有些窘："女孩子到了一定年龄，婴儿肥是会消的好吗！"

他笑眯了眼睛："好。"

啧，犯规。

那一年，太平洋的对岸，二十岁的先生貌似平静地跟喜欢的小姑娘视频后乐呵了一个下午，同学问 who，先生答："My apple."

6

春节前，小表弟来我家玩狗，硬要帮狗洗澡，怎么劝都不听，最后弄湿了整条裤子。

他妈妈罚他写检讨，我负责监督。

小表弟睁着亮晶晶的眼睛看着我："姐姐，你帮我写好不好？"

"不好！你妈妈会知道的！"

"你写一遍，我再抄一遍就好了嘛！"

"也不行。你要诚实，诚实是人类最重要的美德。"

我话音刚落，坐在吊篮里看书的先生猛地笑出声。

我扭头看他，吊篮就在窗边，难得的大晴天，他的头发上笼罩着一层光圈。

他看着我笑："教得不错。"

"……"

赤裸裸的嘲讽。

我十二岁那年，第一次获得苏夫人授权独自出门找小区以外的同学玩。

出门前苏老师百般叮嘱，八点之前一定要回家，我满口答应。结果玩疯了，最后回到家的时候，差四分钟就九点了。

苏老师和苏夫人在沙发上正襟危坐，一声令下就要我写检讨。

我怒了，边反驳——不就是晚了一个小时嘛，我不是平安到家了嘛，写什么检讨啊；边打开冰箱找水果。

苏老师以平生最快的速度夺过我手里的果盘，我瞪他，他吞了口口水，回头看苏夫人，再扭头看我，深吸口气说："不写检讨，就什么都不许吃！"

我简直要被气死了，跑回房间"砰"一声砸上门，往书桌前的椅子上一坐，开始翻纸找笔。不就是检讨嘛，我写还不行！

"唰唰唰"写好我真实的内心所想，正犹豫着要不要这么胆大包天、死猪不怕开水烫地给苏夫人看，突然有人敲门，我吓得半死，立马拿过书把那张纸盖住！

“苏秦欢。”

哦，是下自习回来的先生。那时只有他会连名带姓地叫我。

他走进来，还穿着校服，眼睛在我脸上和桌上各扫一圈，然后自然地坐到我旁边——苏老师以前经常坐在旁边的椅子上辅导我写作业，然后开口问我要不要吃橙子。

我一愣，反应过来猛点头，我最喜欢吃橙子了！虽然先生当年冷冰冰的，即使住隔壁，也真不算熟，但他总不至于大晚上闲得没事儿来给我下毒啊！

至于为什么突然那么殷勤，大概是我越发亭亭玉立了吧。

十年后，这个结论被他半真半假地承认了：“嗯，非奸即盗，我应该是前者。”

我：“……”

当时先生瞧着有些不好意思，轻咳一声，起身去把门锁了。坐回来从外套口袋里掏出一个大大的橙子，在我震惊的目光中，再咳一声，埋着头开始剥。

先生的手从小就好看，剥橙子的技术和力道更是掌握得出神入化，不到两分钟，一个完整的、光溜溜的橙子递到我眼前，一丁点儿的皮都不剩，果肉也都没坏，一滴汁也没漏出来。

所以我一直不喜欢一刀切四瓣的吃法，就要一个完整的。朋友都嫌麻烦，我说你管不着，这是我们家先生十年前就惯出来的毛病。

可嘚瑟了！

等我吃完橙子擦了手，他开始跟我讲道理，吧啦吧啦一大堆，反正就是站在苏老师和苏夫人的立场，一个劲强调我的不对。

而我……唉，实在是大意了。正所谓拿人手短吃人嘴软，我只能垂头坐着装死，眼睛直直盯着他指甲里少许的果皮。

很久以后，我才知道，他其实特别讨厌那样，回去洗了很久的手。但那时，他已经帮我剥橙子、剥橘子、剥柚子、剥杧果、剥山竹，无所不能了。

等他讲完，我决定厚颜无耻地报复他："要不，你帮我写吧？"

他噎了一会儿："那……我写了，你自己再抄一遍，别露馅了。"

我欣喜地直点头，狗腿地要跟他换位置，我坐小椅子。

他开了头，我凑过去正准备抄，他一脸为难："这样好像不诚实。"

"诚实能当饭吃啊？"

我反驳得坦坦荡荡，毫不知羞耻。

他妥协，端端正正地接着写，我歪歪扭扭抄得不亦乐乎。

7

假期无聊，我枕着先生的腿跟他瞎聊。

"学霸兄，你们学霸是不是都记忆力超好？"

学霸兄挑挑眉毛，一副"是的，但是我们一般不会口头承认，那样显得我们很 low"的表情。

我继续问："那你能记得最早什么时候的事儿？"

学霸兄："能限定一个具体时间段吗？"

"嗯，我刚出生的时候？你当时四岁多吧，记得吗？"

学霸兄皱眉："记不得了。"

我听了，故意把脸凑上前，让他看清楚我"哼，不过如此"的表情。

他笑了："不是，我跟你讲讲道理，谁会对一个要么整天睡得像头死猪，要么只知道喝奶大哭的小肉球感兴趣啊？”

我不服：“那个小肉球二十多年后还嫁给你了呢！”

他继续笑：“那我也没这么强的预知技能啊。”

我服气了，翻个身把脸贴近他的肚子，犯困。

“不过……”他用手指钩了钩我脸上的头发，“我记得我在幼儿园学会的第一首歌，回去唱给你听，结果把你唱哭了。”

“哎？”

我惊讶地抬起头，他像是早猜到了，迅速低头在我嘴上亲了一口：“什么都不许问。想睡觉就睡，我看会儿书……自己不学无术，还想传染我，要不要脸啦？”

我闷声笑，在他肚子上画圈圈：“只知道睡觉、喝奶、大哭的小肉球哪有什么审美嘛，小叶哥哥大人不记小人过哈！”

他不回答。

我睁开一只眼睛偷看他，他侧着脸在笑，眼角低垂，嘴角上扬。

8

我们家小外甥固执地把“愤怒的小鸟”记成“快乐小鸡”，所有人都被逗得捧腹大笑，笑完了便开始严肃地纠正小朋友：“是愤怒的小鸟，不是快乐小鸡。”

小外甥皱着眉，满脸的不理解，不想听，想反驳。最后叹气，留下一个“愚蠢的人类”的眼神，晃着屁股小跑到阳台，往先生腿上爬：“舅舅，玩……游戏。”

先生放下手机，把他抱稳放在膝盖上：“嗯？玩什么游戏？快乐小鸡吗？”

小外甥亮晶晶的眼睛变得更加亮晶晶了，那是惊喜。

童心太难得，大多数人却不知道守护，过早地把成年世界的规则与之摊牌。

我看着先生的侧脸，心中欣慰，身旁的这位，并不在大多数当中。

他扭过脸："怎么？"

我摇头傻笑："没什么，想到以后我的孩子交给你教育，我很放心。"

他也笑，肩膀的重心移向我，脑袋歪向我的脖子，一副要跟我说悄悄话的样子。

我盯着他凑到眼前的右耳，感受到他在我耳垂上碰了碰。时间很短，最多说了两个字，但是我完全没有听到他说什么。

"你说什么？"

他坐正，因为在笑，眼睛有些眯："没说什么，亲了你一下。"

"……"

他笑开了，有些得意："表达对你如此信任我的感谢。"

我："要脸吗？"

小外甥抬起脑袋，眼里水润润的，跟抱着他的人一模一样："要！"

我弯腰把脸送过去："来！"

他抿着嘴，亲了我一大口。

先生搓他的小鬈毛："小流氓。"

正好堂姐送果盘出来，很不高兴的样子："哼，我们家宝贝儿可是专挑漂亮脸蛋亲的，哪像某些人小时候逮着谁亲谁，为了颗糖，节操碎一地，到底谁是小流氓？"

先生皱眉："别仗着比我长几岁，就信口雌黄啊，十岁之前，我跟你可基本没见过面。再说，我不吃甜食是遗传性的，编也得编得有点科学依据。”

堂姐不屑：“你也说了是基本没见过，又不是从没见过。而且我管你吃不吃甜食，别的不说，秦欢小时候就被你亲了不少次吧？”

我：“……”

先生莫名脸红。

堂姐：“不过我们秦欢从小就是个美人坯子，那小脸蛋，啧啧，好像一碰就能破！不枉你天天拿着鸡蛋往上滚……”

先生：“姐！姐我错了！原来我真见过您！”

我一头雾水：“什么鸡蛋？”

堂姐：“哦，你肯定不记得。那时小婶婶（就是我婆婆）刚去了趟青海回来嘛，脸有点晒伤，干得要命，就天天用水煮蛋剥了壳在脸上滚动按摩，很快就恢复如初了。叶琪琛知道后，每天早餐的那个蛋都留着给你滚脸蛋了，逗得你妈妈笑了好久。”

先生皱眉：“那是因为我不喜欢吃！”

堂姐：“我呸！那毛毛追着你跑了半个小区，你怎么不给它？”

先生：“……”

堂姐得意地抱起小外甥回屋：“洗澡了小流氓！啊呸，小心肝儿……”

我笑得停不下来，在先生羞涩不已、无处安放的眼神中肆无忌惮。

9

跟一个考研失败的师妹聊天，她问我有没有过很绝望的一段时间。

怎么会没有呢？

我的高中，就是我最不愿意回忆的一段经历。

很简单啊，因为成绩不好。

我当初暗恋过一个学长，温润如玉的类型，具体的记不清了，反正好像就是有人当着我俩的面提了句我的成绩，我当时就觉得脸有点烫，呼吸也有点快，还差点咬到舌头。

很久之后我才知道，当时那种慌张的感觉，叫作丢脸。

我早就知道那只是无心的一句话，却还是忍不住难过了好多好多年，大概是因为它准确地打在了我的七寸上。

那些软弱和自卑侵入骨髓，溶解在每一滴血液里，关键时候冒出一星半点，就会痛得面目全非，所有的付出、努力全都大打折扣。

我就这样尽可能地躲着学长，躲着所有同学，把萌动的情愫和热情一一掐死。

我每一天都在盼望着毕业，也每一天都在争分夺秒地写试卷。

所以到最后一个学期，三月下旬倒春寒时，我经历的那场肺炎，对我的打击真的是致命的。

我一共在医院待了二十天，那样的天气，我爸硬生生熬出火，我妈也憔悴得不行，而我，根本没勇气去看镜子里那个人不人鬼不鬼的自己。

大娇每天放学后都跑到医院看我，然后每天都被我关在门外，我怕传染给她。

她就在那儿哭，那是我印象中她第一次哭，第二次是跟小陆吵架后和好的时候。

那时我都没有想过我会不会挺不过去，我就想着我要快点回学校，因为倒数第二次全市模拟考试马上就要开始了。

后来有一天，先生突然就来看我了，我不知道他是去了美国又回来了，还是还没去。

我说过，那几年，他暑假基本都不回来，而寒假回来，不是去奶奶家就是去外婆家，什么时候走的我都不知道，而且当初我心中是真的只有学习，所以难得打一个照面。

我记得，我睡醒一睁眼，他就坐在床边了。我眨了眨眼睛，问他：“我爸妈呢？”

我这人紧张的时候不结巴，也不发抖，就是频繁挤眼睛。

他告诉我他们去吃东西了。

我应了一声，盯着青青紫紫的手背不再说话。

后来大娇不止一次挤对我，说什么果然亲疏有别，有异性没人性，任她在门外哭成个傻子都不理，而姓叶的就可以在床边坐一早上。

姓叶的严肃解释道，那是因为他又不用高考。

我闭口不言，不见大娇的确是担心她被传染，至于先生，我是真的没想那么多，就觉得，他坐在旁边，我突然就不那么急躁了。

而且娇啊，你在门外哭，我在里头就好受了吗？我真的差点走不出去了呀，你个没良心的，还老是戳我伤口。

先生把床头晾着的温水杯递给我：“生病了不要急，越急越不会好，知道吗？”

我抿着水点头。

他又起身去拿在角落里烧水的热水壶，拔了电线，走回来把里面的热水倒进一个小小的热水袋里，把热水袋放在手心颠了颠，才放到我手背上。

“不行的话，再来一年，好不好？”

“嗯？”我没听懂。

他重复道：“如果高考没考好，就再读一年，可以吗？”

我没有多少迟疑就点了头，我之前就想过的。

他嘴角勾起了笑："好。那我就再等你一年。"

"我不出国啊！"我觉得莫名其妙。

他笑得更开心了，接过我手里的空水杯，一副"你高兴就好"的顺从表情："好，不出。"

五年多，马上就要过去六年了，一转眼，当年蹲在垃圾桶边上给我挖雪梨核的烟花都迈上高考的征途了。

我再问先生："所以，那其实也算一句告白？你原计划等我高考完就下手的？"

他大方地承认："嗯。"

"那为什么，又等我大一念完了才……"

他停下手里浇花的动作，回忆道："因为老爸说，你刚脱离苦海，还没谈过恋爱，如果我当时告白，你懵懵懂懂地答应了，上了大学才真正喜欢上另外的人怎么办？他让我给你一年时间。"

"那要是我不知道你的心意，大学真的有喜欢的人了呢？"

"哦？有吗？"他继续埋头浇花，明显不甚在意。

我手一用力，不小心扯掉了一片叶子，赶紧塞进兜里："大学没有。可是高中有啊，要是不被苏老师发现……"

开玩笑，就算苏老师不发现，我也不敢告白，我人生的第一份喜欢，自卑且尿。

先生笑了："放心吧，就算苏老师不发现，你婆婆也会给你打飞。"

我："……"

他继续笑："她答应我的。"

"啊，果然一家子……"

先生："流氓？"

“……”

婆婆扶着腰出现在身后：“那是！我们俩不流氓，能生得出这个流氓吗？”

“……”

我张口结舌，社会，社会。

先生突然偏头把脸凑近我：“不平衡的话，让你流氓一下？”

“臭不要脸！”

第五章

青梅竹马成眷属

Love Means You

1

我跟烟花，从相看两生厌，我说想要哥哥，他说想要妹妹，他抓我头发，我扯他背带裤的背带，到他警告他所有的朋友对我礼貌点，叫姐就是姐，不许带上我的名字，我也连过个马路都恨不得把他抓得紧紧的。这期间，跨越的不仅是时间，也不只是成长，更多的是两颗心的慢慢接受、靠近和珍惜。

早些年，舅妈嫁给舅舅时，见我羡慕地看着舅妈的弟弟一路从楼上抱着舅妈到楼下婚车旁，稳稳地交到舅舅手里，烟花搂着我的肩膀说："姐，等你以后结婚，我也这么抱你，你不用减肥，我会变壮的！让姐夫给你买那种长长拖到地上的婚纱，美死了！"

多年前的承诺终于兑现，烟花穿着燕尾服，打着红格子的领结，一手背在身后，一手放在腹前，有模有样地躬身行了个礼，一把把我从床上拦腰抱起。

我看着拖了一地的婚纱，再看看他尖尖的下颌，心头暖得无以复加。

下楼梯时，烟花笑了笑："这么轻！小爷我白练了那么久！"

一步一步，他走得很稳，我盯着他的脸，发现他真的没有一点吃力的表现。

小男孩儿终于长成少年了啊。

先生等在车门边，烟花直接把我塞进了他怀里。

我哭笑不得，拍着先生的肩膀，示意他放我下来。

何大娇手忙脚乱地四处“捡”裙摆，先生扶着我的腰，看向烟花：“小舅子，这算讨好你了吗？”

我俩恋情被发现，遭到苏老师审问的时候，烟花从外面回来，问是什么情况，苏老师道：“对你姐这事儿，你有什么要说的吗？”

烟花眨了眨眼睛，舌尖往嘴角内侧一顶：“有啊，想问一下被告的男方，想好怎么讨好小舅子了吗？”

……

烟花惊讶：“此话怎讲？你何时何地如何讨好我了？谁看见了？”

烟花一帮好朋友急忙配合着摇头，我和何大娇对视一眼，也是莫名其妙。

先生笑得无奈：“不是你要看我老婆穿成这样的吗？你可是第一个看到的，别想赖账。”

原来如此，怪不得当初选婚纱的时候我说这件太累赘了不合适，先生却一直坚持。

原来我凭着记忆脱口而出的话，他全放进了心里。

烟花面上有些尴尬，然而还是据理力争：“好像你看不见一样！你也说了是你老婆，这跟你讨好我有什么关系？别想赖账的人是你！”

先生抚额：“好好好，那你说说，你想要什么？”

“小爷想要什么需要你买？小爷女朋友……”

“遍布五湖四海！”我和何大娇，还有烟花的朋友们一起抢答，然后默契地大笑起来。

这是烟花的口头禅，说了好多年了。

先生也笑，一双眼睛看着我亮晶晶的。

烟花挠着头，竟然露出少有的羞涩："那什么，所以说，你只要好好对我姐就行了！我把丑话说在前头，你要是敢欺负她，小爷遍布五湖四海的可还有兄弟！"

我一听，感动得伸出手要去抱他："抱抱！"

"啧，这可是你老婆主动的啊！"

烟花看了看先生，勾着嘴角伸手接住我。

我穿了十厘米的高跟鞋，还是只到他耳朵的位置。他低着头，故作深沉地在我耳边叹气："啧，怎么就要嫁人了呢？以后我还怎么借你炒作赚培训费啊？"

我闷闷地笑。

烟花轻轻把我推开，郑重其事地把我的手放在先生手上，语气认真："哥，姐夫，我把我姐交给你了。该说的也说了不少，剩下的以后慢慢补充吧，先让你过过新郎官的瘾！"

先生反手握紧我的手："欢迎小舅子随时莅临指导监督！"

2

"很多人问我，青梅竹马到底是什么感觉。看了那么多年，真的不腻吗？当然不会。对我来说，绝大部分是庆幸吧。她第一次掉牙，第一次剪刘海，第一次扎马尾，第一次穿裙子，第一次长痘痘，或笑或闹，或吵或哭，每一幕我都曾亲眼见证。当爱情来了之后，我是第一个牵她手的人，第一个抱她的人，第一个亲她的人。她什么都不知道，懵懵懂懂就把最好的自己给了我。我是真的觉得很庆幸，庆幸她那么早就出现在我的生命里，并且一直没离开。关于婚姻，我想了很多，也想了很久，虽然始终一知半解，但是，只要是她，好像也没什么好想的。我们认识二十二年了，接下来的五十年也好，六十年也罢，顺遂也好，波折也罢，我只想牵着她的手，陪着她，护着她，一步一步，一年一年地走下去。”

之前年会上，有人问了先生这个问题，他四两拨千斤说要等到婚礼上当作告白，没想到竟然是真的。

我顺着他的话细细回忆每一个第一次，我的记性并不好，奇怪的是，但凡与他相关的，总是清晰如昨日。

就像我每每看着他的脸，都会忍不住回忆，十年前是那样的，五年前是那样的，而现在，是这样的。

直到老蒋把话筒递给我：“新娘子是不是也应该有所表示呢？”

先生转身，笑吟吟地把话筒递给我，两只手捧着我的脸给我擦眼泪。

我咳了一声，调整了好几次呼吸也毫无作用，手伸出去抓着他的衣角，绞了两圈，才勉强稳住了心跳。他的笑声落在头顶，一如既往地无奈又安心。

一开口才知道嗓子已经莫名哑了：“其实，我一直觉得我这二十二年的人生挺失败的。念书念不好，还有个闺蜜叫何妫，学神的存在啊，两相对比，那区别……简直惨不忍睹。我爸我妈疼我，家务做得实在是少，性格呢，偶尔别扭，大部分时间没心没肺，反正没什么好的时候，自卑又脆弱。所以没什么成就，也没什么朋友，甚至连自己都照顾不好。朋友经常开玩笑，说谁娶我，谁就是倒了八辈子的霉了……”

“倒了八辈子霉”的人站在我身前，闻言轻轻皱起了眉。

我再吸一口气，想要继续说，突然听到一声响亮的“苏秦欢”。抬眼望去，我的闺蜜，我的何大娇，泪流满面地在叫我，妆全花了，发型也乱了一半，但她像是毫无察觉，表情狰狞地叫我的名字："苏秦欢，在我心里，你就是全世界最好的姑娘，你知不知道我有多爱你，我要是个男的，我早就娶你了！才不会有叶琪琛的屁事儿！你别把自己说得那么差！老娘听不下去了！"

真正听不下去的陆同学一把捂住她的嘴把她往怀里按，点头示意我继续。

何大娇号啕大哭，闷闷的声音还是清晰地传进我耳里。明明还没到敬酒的环节，她却像醉得一塌糊涂，趴在陆同学怀里放肆大哭。

"她是我唯一的闺蜜，我最好的朋友，可是她要嫁人了！她要嫁人了！"

何大娇的爸妈，还有足够了解何大娇的苏老师、苏夫人，以及公公、婆婆，纷纷被这一幕惊掉了下巴。感性的女孩子们倒是被感动了，个个跟着流眼泪。

我也控制不住眼泪，内心却实在有些想笑。

先生没有被我又哭又笑的样子吓到，反而叹了口气，认命地给我擦眼泪。

我看着他黑白分明的眼睛，说了最后一句话："所以我最大的成功，就是嫁了个好老公。"

底下又开始鼓掌，先生的手一顿，喉结动了动，再动了动，小声补上了一句。

"那么，我和你相反，我这二十六年，一直顺风顺水，唯一栽的一次，就是栽在了你手里。不过，我心甘情愿。"

3

苏老师难得穿西装，竟然还是背带裤式的，肚子圆鼓鼓的，靠在椅背上活像老年黑白版的超级玛丽。

先生拉着我过去敬酒，苏老师在苏夫人的帮助下努力站直身体，拍了拍先生的肩膀，看来是有些醉了：“大孩子一只，请姑爷笑纳！”

哄堂大笑！

我不好意思地低下头，先生倒答得一本正经：“承蒙割爱。”

有着严肃身份的叔叔伯伯们一点也不严肃，一个说小叶运气好，找了个漂亮媳妇儿；一个交代小叶要好好对人家，看人家瘦的；一个说小叶他媳妇儿啊，赶紧给老叶生个孙子，他都落后好几年了……

老叶不耐烦了，大声嚷道：“急急急，我都不急，你们急什么？”

我就差把脸整个紧贴着先生的背了。

转了好几圈后才找到角落里蹲着画圈圈的伴郎伴娘，真是毫不敬业啊。

陆同学拍何大娇的肩膀：“你看你也老大不小了，要不我们俩也差不多得了，你说怎么样？”

何大娇狂怒：“你放屁！老娘明明才十六！”

我和先生对视一眼，一人拎一个！

4

闹完洞房，先生送中途接手伴郎任务的老蒋下楼，突然千舟把我带到另外一个房间去换衣服。

中式婚礼贵且麻烦，一开始就不在考虑范围，只要人对了，便心甘情愿将曾经的少女梦隐藏。原来不小心竟然藏进了他心里，再被他合手捧出。

喜帕很重很厚，一搭下来，我的视线范围就只剩下了一小块火红的前襟。千舟原路把我牵回去，按着我坐到床上后，弯腰抱住了我，声音有些哑，说："我走了，你乖哦，不许偷看，好好等你的官人回来掀盖头。"

先生很快就回来了，在门口站了会儿，抬手就把灯关了。我眨了眨眼睛适应后，突然发现屋里还有光。

先生给我掀了盖头，我一下子就被床边那一圈红蜡烛吓傻了："这些……是干吗啊？"

先生看着我笑，眯着眼，看着要醉不醉，似正经，又似不正经："只恐夜深花睡去，故烧高烛照红妆。"

第六章

女有所为是为妫

1

严格来说，何大娇第一次见到陆同学是在学校食堂。

我记得很清楚，那时我刚突发奇想跟先生寻求建议，我要是写个小说，女主角以何大娇为原型，穿着白大褂满身药水味去约会，会不会很可爱？

先生笑而不语，却是赞同的。

那天何大娇一如既往做实验入迷了，想起要去吃饭的时候，已经差不多过了饭点，于是衣服也忘了脱，洗个手就跑了，等到了食堂门口，见里边还有三五成群的一堆人，纷纷用一种见鬼的眼神盯着她，她这才猛地反应过来，咬咬牙脱了白大褂，随手扔在一旁的椅子上，撩了撩头发，故作淡定地去打饭。

何大娇端了饭回来，发现白大褂上压着一个背包，颜色不详。但据我后来观察猜测，应该是红色的。陆同学偏爱红色，也是我见过最适合红色的男生。

好了，话说回来，当时陆同学就坐在旁边。

何大娇眼睛一瞪，心里毫不迟疑地爆了一句粗口，面上倒还算冷静地主动打了招呼：“同学，我的衣服。”

陆同学好整以暇，似笑非笑："这个位置我已经占了，是你自己把衣服放上面的。"

何大娇眼睛又一瞪，爹毛了："你占了？你搞不搞笑？你敢说我来的时候你包已经在上面了？老娘还没嫌你包脏了我衣服呢！"

陆同学耸耸肩，依旧心平气和的样子："我的包不在，可我的书在。"

食指敲了敲桌上的一本书。何大娇哑然，她的确没注意当时桌上是否有书。

心虚加疲惫，向来心宽的何大娇默默安慰了自己一句"狗咬了你一口难不成你还要咬回去"，一手端好餐盘，一手抽出白大褂，由于用力过猛，陆同学被自己的背包打了个措手不及，等反应过来，何大娇已经抓着衣服走远了。

2

陆同学在开学典礼上对何大娇一见钟情。

当时何大娇作为新生代表上台演讲，陆同学无意间抬头，看到的不是几个偷看他的女生，而是何大娇因为嫌弃我写的稿子过酸而紧蹙的眉头。

十八九岁的男生和十六七岁的女生一样，对于突如其来的感情，可以跟周围好友倾诉炫耀，却绝不会贸然让当事人听见一点风声。

心动来势汹汹，陆同学的室友都当他疯了。音乐学院能歌善舞的软妹子他不喜欢，文学院长发飘飘的才女他不去认识，设计学院才貌双全的姑娘他不屑一顾，就盯上了整天穿着白大褂在实验室跟一堆玻璃器具打交道，把细菌当儿子养的何妫。

何妫其人，美则美矣，性子却过分彪悍。她可以自己早起占座，可以一个人吃剩饭，可以拖着大包小包健步如飞。她不爱逛街，要想买鞋子，某宝都懒得点，给我发个微信，牌子、款式、码数、颜色我自然是一清二楚，填她的地址就好。

何大娇不喜欢买衣服，却喜欢买鞋。她总说，女孩子一定要有几双好鞋，合脚、舒心的那种，这样才能走更远的路，去遇见更好的人。真是奇奇怪怪的想法。

何大娇扬言，她不需要男朋友。至少毕业前不需要。

陆同学喜欢上这样的女人，虽然算不上灾难，至少也是不幸。

暗恋的第一年，“跟踪”、蹲点、蹭课，陆同学把自己的长腿优势发挥得淋漓尽致。

只可惜他懂她走路时看什么书，吃饭时喜欢打什么菜，一三五的早餐是面包还是包子，而她却连他在她课堂上被提问，答不出来就勇敢说是为了心上人而来，众人起哄时，抬个头的好奇心都没有……

等等等等，我快嫉妒死了！我就没有这种帅炸天的经历！

难道上辈子打怪的其实是何大娇？我只是旁边负责递武器的？

暗恋第二年，拒绝芳心无数，都快被怀疑成那啥的陆同学决定告白了。

在食堂打好饭，一眼看到穿着白大褂的何大娇……美爆了！嗯，他就是这么形容的，我有什么办法？于是脑子一热，觉得时机差不多了，把室友拉到角落临阵磨枪练习了不下三种开场白，整了整衣领，帅气地朝何大娇放衣服的地方走去。

走到一半，折返，夺过室友的书。很好，有了新的 idea。

虽然耍酷失败，但开弓没有回头箭……嗯，就算一日回到解放前，但是陆同学有毅力有决心啊。

继续“跟踪”，然后勇敢上前眨眼睛：“嘿！好巧，这本书我也在看哎！”

何大娇震惊：“你不是我们专业的吧？”

人家看的是教辅！

陆同学厚颜无耻：“我……我爸说，要拓展视野！”

建筑跟生物？OK，perfect！

继续蹲点：“嘿！忙完了？一起吃饭吧！”

何大娇：“我订了外卖。”

“那……分我一半？你吃不完吧？”

拜托啊大哥！先不说何大娇的胃容量是一般女生的两到三倍，学生物的人第一反应就是你好不卫生的好不？

继续蹭课，直接坐到了何大娇旁边：“你们老师讲课挺有趣的！”

何大娇上课除了提问题和回答问题，绝不废话。所以十分钟后，陆同学成功睡着了。醒来时，教室空无一人，只有头顶一盏灯还亮着，陆少爷一抹嘴边的口水：“谁这么贴心啊？”

陆同学是一个方脑壳直肠子的人，不懂曲线救国的道理，但好在老天善良，没给他头脑，却给了他皮囊。建筑学院的门脸天天往生科院贴，有心人斜眼一看就知道咋回事儿了。于是一传十，十传百……条条大路通罗马嘛，效果还是差不多的。

何大娇从室友口中得知陆同学在追她时，非常想有文化有内涵地惊叹一句“what”，然而没管住嘴，一开口就是：“我×！”

陆同学被何大娇堵在教学楼下，内心激动不能自已，加上何大娇拉着他就走，oh my God，陆同学手捂心脏，咬唇，两眼泪欲流。

“你在追我？”何大娇问。

What？晴天霹雳差点把陆同学的方脑壳劈成两个长方形！剧本不是这样写的啊！

“你没看出来？”

“没有。”何大娇答得理所当然，问得惨绝人寰，“你为什么要追我？”

“我……我……”陆同学词穷了。

“我的妈呀……”何大娇活像见了个怪物，转身就走。

陆同学也不知道追，原地站了好久，向天发问：“妈？”

至于陆同学是用了什么方法得知我微信的，我不知道。但是，起码看起来脑壳稍微圆润了一些。我深感欣慰。

我开门见山：“啥都别说！先发个相片！无美颜无滤镜的那种！”

当时我正在先生家蹭 Wi-Fi，网速快到飞起，加载都不用，屏幕上直接蹦出张帅脸！

啊！我的心脏，我的眼睛，我的呼吸……不行了，我颤巍巍地伸手去拉先生的衣袖，他扭头，迷茫的眼神，倾过上半身在我嘴上亲了一口，又扭回去继续工作。

我望天。果然靠人不如靠己，深呼吸三次，回复：“不错啊，小伙子！”

“那是！天生丽质！”

我好奇：“欸，你们建筑学院的男生是不是都挺好看的？”

“还行吧。”

我换个方向好奇：“欸欸，你们真的像电视剧里演的那样脚踩进靴子里一蹬，安全帽往头上一扣，拿着图纸就上工地，然后零点五的误差都能一眼看出来吗？”

“当然！别忘了，艺术来源于生活。电视剧也得从现实生活中取材吧！”

“哦哦，那我以后可以找你给我设计房子吗？”

“可以啊。你喜欢中式还是西式？徽派还是哥特？”

“你擅长哪种？”

“我跟你说正事儿呢！”

我：“……”

糟糕，“歪楼”了。再拉一下先生的衣袖，等他回头，可怜兮兮地递过手机。他眯着眼扫了一眼，视线又回到电脑屏幕上，用侧脸对着我，开始安排：“复制他的话，粘贴，去掉语气词，把第一人称改成第二人称，第二人称改成第一人称，接着打字……打四个字就行，就、这、态、度。嗯，最后多加两个感叹号。”

你跟我说正事儿就这态度！！！

我服了：“漂亮！”

先生笑而不语，深藏功与名。

3

除夕下午，陆同学突然出现在何大娇家楼下，大包小包的，难得不狼狈，还容光焕发。

何大娇她爹亲自下楼迎接的时候，正巧陆同学他妈来电话，问他跑哪儿去了。

陆同学笑得可亢奋了：“妈！我今年不在家过年了！我在我媳妇儿家过！”

何大娇她爹满意地大笑：“哈哈哈！好！今年有女婿陪我喝酒了！”

何大娇气得把自己反锁在房间到处踢到处撞，很不幸瘸了整整一个星期。

我得到消息后，兴奋得衣服扣子都扣错了，冲进对门先生家拉着他就跑。

他无奈地拉住我，皱着眉重新给我扣好扣子，语气委屈：“我出差半个月回来都没见你这么激动。”

我觉得我还是有必要解释一下：“那个，先生，你理解一下哈，我念的是文科类院校，男生实在是太少太少了！所以我真没别的意思，我就随便那么激动一下，要是待会儿没能把持住，你一定要及时制止我啊！”

先生：“呵。”

典型的皮笑肉不笑。

结果，嗯，小陆的确是好看啦，不过是属于那种静态美，嗯，总之就是没相片看着那么惊艳。

落座后，先生给我发微信：“没给我制止你的机会，不怪我。”

我迅速回复过去：“No！想象终究是美好的！还是没你好看！真的！我发誓！”

先生低着头，勾起嘴角，露出一个酒窝。

4

晚上我们拉着陆同学去放烟花，何大娇宁死不跟我们同行。

我指着墙边的一个小洞，一本正经地糊弄陆同学：“看见了吗，那是一个神奇的许愿洞，你只要点一个鞭炮扔进去，然后在鞭炮燃尽之前许好愿，就一定能实现！”

“真的吗？”

“那当然了！虽然我也就试过一次——就是我十几岁的时候吧，我在这儿许愿我一定要娶到叶琪琛！结果你看，他都跑到美国了不是还得回来？是吧先生？”

先生低眉浅笑：“巧了，我十几岁的时候也在这儿许了同样的愿望。”

我看向陆同学：“信了吧？”

陆同学眼里光芒更甚，抢过我手里的鞭炮，“咻”一下点燃丢进去，双手合十，连喊了三声“我要娶何妫”。

我笑着转身，何大娇站在先生的身后，表情有些微微不自然。

于是那晚何大娇是被陆同学抱回去的，何小姐一路傲娇演着言情剧，吵着放我下来放我下来，陆同学秒变霸道总裁，不放不放，死都不放。

我抖了抖满身的鸡皮疙瘩，嫌弃死了，两个没良心的，一句感谢的话都不说，这就开始秀恩爱了！

“先生，走了！”

先生低着头，点燃了最后一个“满地珍珠”，丢进“许愿洞”里，抬起头朝我笑了笑，伸手把我拉过去抱紧。

“珍珠”冲上来，明亮的，沙沙沙，叫得特别欢快。

先生偏了偏头，嘴唇落在我的耳边：“许个愿。秦欢，我们好好的，一辈子。”

5

学霸何和她那有趣的男朋友吵架的原因总是又多又匪夷所思。

有一次是因为他俩逛超市回来的路上，她男朋友蹲在一堆平均年龄不到六岁的小朋友中间看着一盆子乌龟，跟学霸何说他想买。

从来没养过宠物的学霸何震惊了：“你几岁了？”

她男朋友无辜道：“苏秦欢家也有！”

学霸何气得都快冒烟儿了：“那她家还有狗有猫呢，你是不是也要买？”

她男朋友眼睛一亮：“对了，上次吃饭，我记得她说她哪个朋友家不是要转卖一只萨摩和一只博美吗？她家的是萨摩，我们养只博美怎么样？”

学霸何怒极反笑：“那猫呢？”

她男朋友：“猫不忙！等她家那个生下来，我们再要一个吧！我见那猫黏叶琪琛黏得紧，等叶琪琛影响个一年半载的，后代质量也有保证啊！”

“保你个大头！难不成它是要跟叶琪琛生？”

“啧！乱说什么呢，我的意思是遗传基因固然强大，但环境影响也不小啊！亏你还是学生物的，这都不懂！”

“爪子给老娘撒开！”

“……”

6

我听说后忍不住狂乐，于是再一次一起吃饭的时候，我就跟何大娇诚实地提出了我想跟她换男朋友的想法。

陆同学反应激烈：“拒绝！我只爱何大娇！”

“啧。”这个不懂事的熊孩子，我踹了他一脚，“何大娇是你叫的吗？”

他瘪着嘴，委屈地看向何大娇：“我只爱何妫。”

何大娇皱眉：“行了！换不换是你说了算的吗？谁给你的权利？”

陆同学简直要哭了，又看我：“那……要换多久？一天？”

我瞪眼。

他惊恐："一星期？"

我继续瞪眼。

他好像一口气提不上来了："一……一……一……一……一个月？"

先生不咸不淡地开口："她跟你开玩笑的。不用紧张。"

我接着说："对啊！你真以为你是香饽饽啊？人见人爱？好吧，就算是也是个过了夜的啊，但我旁边这个可是刚出笼的！"

何大娇认真点头："嗯，不错的比喻。"

"你们都欺负我！"

陆同学阵亡。

7

要是哪天何大娇愁容满面、精神不济、目光呆滞，说明给她做饭逗她笑的陆同学出差了。

要是哪天我红光满面，见个人就想拉到怀里吧唧一口，说明管我上网管我熬夜的先生出差了。

啧，就是这么精辟。

于是愁容满面的人说实在无聊透了，要来我家撸猫。

我让她顺便给我带杯烤奶，小杯就行。

大杯八块钱，小杯六块钱。

结果她提了两大杯进门才反应过来："我明明只给了店老板十四块说一大一小啊！"

我若有所思："可能他见你胸比较大！"

她很气愤："放屁！你不知道他家柜台多高，完全把我的胸给挡住了！"

先生从书房出来接水，拍拍我的头：“这么高，下次你去露个脸或许能有儿童优惠券！”

“……”

好气哦!

第七章

这个爸爸有点萌

1

是这样的，我们家长年一日三餐都是我爸掌勺，我妈就负责偶尔做个早餐，吐司牛奶的那种。

一大家子人一起吃完晚饭，我说："每次回来吃饭我都能深深感受到嫁给一个会做饭的男人是件多么幸福的事！"

苏老师不仅会做饭，而且很喜欢做饭，哪怕平时就他跟我妈两个人在家，至少也是四菜一汤，荤素搭配，红红绿绿的，特别有卖相。

不太会做饭，更不爱做饭的先生听完我的话后整个人都僵住了。

苏老师非常"察言观色"地冷哼一声，鼻孔都快朝天了。

苏夫人及时泼冷水："他要是不会做饭，我才不嫁给他呢！"

外公也跟着哼："他要是不会做饭，我才不让你嫁呢！"

我忍不住替苏老师打抱不平："小叶还不会做饭呢，外公！"

外公毫不犹豫："小叶长得好！"

先生很自觉："谢谢外公。"

苏老师都快哭了："爸……"

外公完全不买账："叫爸也没用！我们'颜狗'就是这么没原则！"

烟花让苏老师带他去配眼镜，不知道苏老师咋想的，跟着自己也配了一副，同款，圆框。

一进门就把千舟吓着了：“叔，您这是被小姑娘骗了吧？”

“不好看吗？”

苏老师惊呼，跑到阳台对着小镜子换了好几个角度看半天，转过身来就蔫了：“怎么回事儿啊？我在店里看着挺好看啊！”

我忍不住了：“那店里的镜子能信吗？旁边你儿子两只眼睛白长的啊，不知道问一下。”

苏老师瞪烟花：“我不是问你了吗！你不是点头了吗！”

烟花委屈：“看你拿着就放不下去了，我敢摇头吗？我摇了头，我这副你能给我买吗？”

苏老师不说话，摘了眼睛丢在茶几上，窝在沙发上生闷气。

苏夫人从房间出来，安慰道：“不怪你……姑爷戴一下。”

先生听话地伸手拿了架在鼻梁上，第一时间扭头看我。

斯、文、败、类。

苏夫人：“喏，看脸的吧。”

2

我给苏老师在头顶中央扎了个小辫儿，皮筋上还有一个小小的绿色蝴蝶结，可萌了。

他一动，小辫子就跟着前后摆，我在沙发上笑得直打滚——

“苏老师你这么萌你老婆知道吗？”

苏老师：“哼！”

“哎，你现在好像那个长草颜团子哦！你知道长草颜团子吗？”

苏老师：“我不知道！我也不想知道！”

“来来来，咱拍几张照片做表情包！”

苏老师：“我不！”

苏夫人排练回来，没带钥匙，“嘭嘭嘭”地敲门，苏老师屁颠颠跑去开门，小辫子也忙跟着点头哈腰。

果然苏夫人像是见了什么怪物，眼睛一瞪，下一秒抬起手遮在额头前，太辣了，太辣了，眼睛受不了。

苏老师觍着脸：“老婆，累坏了吧，东西给我……”

“你你你……别靠近我！”

苏夫人一路低着头冲进厨房。

苏老师跟进去：“怎么了？你嫌弃我？你竟然嫌弃我！嫌弃咱苏大设计师伟大的设计！”

“我嫌弃你怎么了？”

苏老师：“……”

秒尿！

“啊？嫌弃你怎么了？你倒是跟我说说！”

“嫌……嫌弃我，我、我、我就摘了呗……”

说着抬手摘下皮筋。苏老师的发质很好，尽管绑了一上午，但一点也没塑形，随手一扒拉就服帖了。

苏老师边往冰箱里放东西，边叹气：“我容易吗我，上午牺牲形象逗闺女开心，下午受你嫌弃，还得一秒变身……哎，你小心，给我给我……欢宝！过来拿酸奶！”

“来啦！”

我快速跑过去。

我正在书房赶策划，苏老师遛狗回来，提着一大袋东西冲进书房。那速度，活像身后有狼在追他！

“爸，你干吗？”

苏老师一阵“嘘嘘嘘”，关上门，从袋子里掏出各种口味的泡面、火腿肠和薯片往我桌上堆！

“写东西的人不都是这样吗？我在给你提供物质上的支持啊！”

“……”

说时迟，那时快，苏夫人破门而入：“写东西的人是不是这样我不知道，但某人看球赛的时候就是这样！没收！”

苏夫人来去匆匆，满载而归，我和苏老师大眼瞪小眼。

“其实，我想要薯片。”我小声开口。

苏老师委屈：“谁叫你刚刚傻愣着！我买了那么多，肯定有你的份啊！”

我叹气，摸摸他的头：“乖，别伤心了，我让小叶买回来！嗯？”

苏老师满意了：“嗯！不过我也不吃番茄味的！我要黄瓜味的！还有烤肉味的！”

“好，我记着了！”

“还有雪碧！”

“雪碧不是刚买了吗？”

“我保证，你妈进这门之前就已经悉数上缴了！”

我简直被苏老师的智商感动了：“不是让你藏好吗？”

“我都藏大白窝里了！”

“那也能被发现？”

苏老师瘪着嘴，挪开了他肥硕的身躯，我探头一看，大白坐在窝边，一见人看过去，脑袋就往窝里摆，顺带“汪”一声。得，通风报信呢！

我服气了：“行！都买！”

“那你记得跟他说，晚点来，等你妈睡了再过来，给我发个微信，我开门接他！”

“嗯！”

“我爱你宝贝儿！你真是爸爸的小棉袄！”

“收到！小棉袄要工作了！您先歇着吧，再过几小时，快递员就上门了！”

“嗯，么么哒！”

两小时后，快递到了，苏老师保持他一贯的警惕精神，开了不到一半的门，拽过东西：“快递到了，你请回吧！”

先生：“您好，这是到付的。”

苏老师生气了：“到付？我到你个大头！”

我及时冲出去，揽着苏老师的肩膀，跟先生打招呼：“嘿！好久不见啊小哥！”

先生眼睛亮了一下，抿着笑，一直背在身后的那只手递了杯奶茶给我。

我顿时开心了：“地主爷爷抠门，他女儿抵账行吗？”

先生笑了，伸手拉我：“行吧。”

苏老师又要刷存在感了：“行个屁！”

你问结果？

结果就是我跟先生一起下楼找蛐蛐了。

过程？过程不重要！

至于苏老师，他就趴在阳台上嚼着薯片盯着我们。

我抬头看一眼，他就瞪我一眼。

他瞪我一眼，我就亲先生一口。

我亲先生一口，他就跳一下。

他跳一下，整栋楼就抖一下。

3

我跟主编去培训的时候，某天晚餐前，苏老师开了视频，把电脑抱到餐桌上，想让我在羡慕嫉妒恨的同时，感受一把孤家寡人的凄凉，然而……

烟花因为学校实行军事化管理，严禁带手机，于是他提出要买电话手表。

“什么？”苏夫人明显对这突如其来的幼稚感到惊讶。

“读书郎电话手表啊！微聊随时找妈妈，读书郎定位顶呱呱！”烟花解释道。

苏夫人：“……”

“就是我可以随时找你聊天，你也能随时知道我在哪里！”烟花继续解释。

苏夫人：“行了！欺负谁不看广告，还是理解不了中文？我知道我是你妈！”

苏老师正打饭，多嘴一句：“你看广告？你看广告买那一个个会员干吗？”

苏夫人尴尬：“我真是服了你们三个！”

烟花：“关我姐什么事儿？”

苏老师：“关我闺女什么事儿？”

我："……"

好想关视频啊！城门失火，必定殃及池鱼！

果然，苏夫人生气了，拍掉苏老师的手，把所有的碗筷往自己身边揽："滚、滚、滚！找你姐去！找你闺女去！老娘不伺候了！"

苏老师委屈地看向镜头："欢宝，你看看你妈。"

我从一堆文件中抬起头："啧，不是我说你，苏夫人那花容月貌，眼瞎嫁给了你，你就应该感激不尽了，还让人家给你做饭！人家饭做好了，你也不知道给人家捏捏肩膀捶捶背，你的良心不会痛吗？"

苏老师："……"

"还有你！苏少辰，你几岁了，买什么电话手表？买就买了，臭显摆什么啊？聪明机智，时刻走在潮流第一线的苏夫人会不知道？你是傻吗？"

烟花："……"

"嘿嘿，妈，我爱你，你在我心里永远是最年轻、最美丽、最温柔、最知性、最潮流的少女！"

烟花："人民白培养你了。"

苏老师："人民白培养你了。"

烟花："呸！"

苏老师："呸！"

"……"

两人默契地起身离开饭桌，苏老师开始到处找钱包，看来是很有骨气地准备出去吃了。

"咳。"苏夫人抬起手摆了摆，手里正是苏老师的钱包。

苏老师也"咳"了一声，问烟花有钱吗，烟花摊手，表示他本来是想抱大腿的。

“我去老三家。”烟花拍了拍苏老师的肩膀，“你自己想办法吧。实在不行，我姐房间有饼干。”

苏老师原地思考两分钟，毅然决然紧跟着烟花的步伐出门了。

我叹气，微信给他发了两百块钱：“跟你说了多少次了，一个大男人，银行卡别全上交，微信啊支付宝啊好歹绑一张，应应急也行啊！”

苏老师秒收红包：“哼，小叶不交？”

“不交啊，我懒得管。”

苏老师：“啧，你看你找了个什么人？”

“行了啊，别得了便宜还卖乖……你这时候出去吃什么？要不你找小叶吧，他应该在加班，让他带你去我们常去的那几家，都挺不错的。”

苏老师：“不找。我去给你妈买个蛋糕。”

“出息！”

4

周六早上九点零五分，我开手机看了眼时间，准备翻个身继续睡，却被苏老师连续发的微信吵醒——

“宝贝儿，我想你。

“宝贝儿，你起床了吗？

“宝贝儿，记得吃早餐。

“宝贝儿，你那边天气怎么样？

“宝贝儿，我遛狗的时候想你，玩猫的时候想你，买菜的时候想你，吃早餐的时候也想你。

“宝贝儿……”

我：“苏老师，吃早餐又忘记带钥匙出门，现在被关在门外不敢叫老婆开门？”

苏老师：“嗯……”

我就知道！

“不敢叫老婆，那找小叶吧，我钥匙在他那儿！”

周末先生回家住。

苏老师一听，立马从“熊样”变成了“雄样”：“好嘞！我这就打电话给他，让他一分钟之内过来给我把门开了！敢迟到五秒钟试试！”

两分钟后，我给起床严重困难症晚期患者小叶打电话表示慰问：“辛苦了，老公。”

小叶同志“哼”一声，像是翻了个身，顺便拉了把被子……嘿，动作还真快！

“没关系，谁让他想的是我老婆呢！”

5

我回去的时候是苏老师来接的，先生当时在开会。

我在家睡了一觉，他才下班，说要请我吃晚饭。

我说 no，拒绝，我额头上长了两颗痘！

十分钟后，先生直接上我家提人，理由还挺充分：“你小时候全身长水痘的样子我都见过！”

我差点崩溃：“我长水痘的时候你为什么能看见？”

先生不以为意：“你妈让我去看的。”

我彻底崩溃：“为什么我长水痘的时候，我妈要让你去看？”

先生：“嗯，可能是怕我治不了你，提前提供黑历史？”

“呵，有什么用？证据呢？”

“那个没有，有这个……”

先生掏出手机，手机屏幕上是一张老照片，照片里的我六七岁吧，记不得在哪里了，穿着脏兮兮的白裙子，满额头的金粉，嘴和下巴红成一片，特别蠢！

后来苏老师回忆了好久，终于想起来是回老家的时候，我自己臭美，趁他不注意在新贴的对联上蹭的……好丢人。

我：“你变态！”

先生：“我不是变态，我是在帮你留住过去。就你和爸……你不信找找你们家还有几张你小时候的相片。这是我第一部手机拍的，相片肯定早就不见了。”

就我和我爸，嗯，一个拿着遥控器拎猫回窝，能顺手把遥控器丢进窝里，然后翻沙发找一晚上；一个收拾茶几上的垃圾去扔，能把钱包一起丢进去……

等等，第一部手机……先生的第一部手机是上初中的时候买的，也就是十二岁，到现在，差不多十五年了！

咳咳，还是有那么点动容的。

我拍了拍他的肩膀：“先生，我确定你会是一个好父亲。”

“嗯，那个不急，首先得做一个好丈夫。”

“嘿，那你就别想了！”

“哦？夫人要求这么高？”

“你、你、你叫我什么？”

他笑。

“你再叫一遍！”

他继续笑。

“就一遍！”

他还是笑。

6

苏老师是那种在朋友圈活跃得像条鲤鱼的人，至少我们的共同好友每每有人发动态，他都要去点赞评论，而且粗神经，战线可以拉老长，除非人家不回复他，不然绝对停不下来，他是不懂什么叫聊天终结者之痛的……于是一天不见我发动态，就在那儿各种幻想我是不是心情不好啊，是不是跟先生闹矛盾了，是不是又忙得连吃饭时间都没有啊……哎哟，心尖儿疼！

苏夫人终于忍不住提醒他：“你别看她朋友圈了，看微博去！”

苏夫人偶尔也翻我微博，知道我在微博活跃得像条鲤鱼。

再然后，苏老师不知道跟谁学会了玩微博，反正我妈肯定懒得教他。注册后，用了张我中学时候跟他的合照当头像，就敢义正词严地到我单位的官博下各种评论询问单位会不会欺负新人啊，新人有没有休息时间啊，食堂伙食如何啊……

完全一副关注毕业生就业环境的热情市民模样！

被发现了还厚着脸皮夸他闺女多厉害，照片里他不过露了一边肩膀和一只耳朵都被认出来了。

朋友好心提醒：既然想低调，又为何拿闺女相片做头像？

苏老师怒目而视：“我闺女长那么好看，我还不能用她相片做个头像？”

7

晚饭后，我洗碗，洗完擦着手进客厅的时候，苏老师正躺在沙发上深情呼唤我。

“欢宝，你过来！”

我：“干吗啊？”

苏老师：“过来看我给你打个挺！”

“……”

爸，爸，我开玩笑的，你别当真啊爸！

我：“完了，我不应该把他形容成鲤鱼！我下次写熊猫怎么样？”

先生：“那么他会给你打个滚。”

8

“五一”假期的第一天晚上。

苏老师给我打电话：“宝贝儿，明天陪我呗！”

苏夫人要去我小姨那儿玩。

“啊……”我有点为难。

苏老师：“哼，你昨天陪了你弟一天！今天还轮不到我吗？还有谁？”

“小叶啊……”

苏老师：“宝贝儿，我跟你说啊，你们千万不能整天黏在一起，你们要有自己的独立空间，要给对方足够的自由，这样的感情啊，才会细水长流……”

“嗯，好吧。”

“爱你，宝贝儿！”

第二天一早，我刚化好妆，苏老师又给我打来电话：“宝贝儿，我听说那个叫《喜欢你》的电影挺好看的，你还没去看吧？”

“我看了呀！”不明所以。

“那《记忆大师》呢？”

“啊，这个没有。”继续不明所以。

苏老师：“去看吧！听说也很好看！”

“你买票吗？”

苏老师：“啊，我买我买，你问下小叶你们哪个时间段有空？”

“不是跟你看吗？”

苏老师：“我……我一个老头子跟你们小年轻看什么电影啊。”

是谁说自己风华绝代男子气概的？

“我今天不是陪你吗？”

苏老师：“我想了一下，我还是不打扰你们了，不道德。”

“可是你昨晚说不能黏在一起，容易腻……”

苏老师：“对啊！所以我们不能黏在一起！”

“你不是说我和小叶的吗……”

苏老师：“你和小叶啊？那不一样，你看我黏你妈这么多年腻吗？黏！必须黏！培养感情怎么能不黏！感情不深怎么过一辈子！”

我深吸一口气：“说，是不是我妈去不成小姨那儿了？”

苏老师：“嗯……你小姨临时有点事儿……你妈说想去郊外走走。”

“行！那就去吧！反正小叶还在睡！让他睡吧！”

苏老师：“不行！我刚说什么来着！不许打扰我们！不道德！就这样！挂了哈！么么哒！”

“苏——老——师！你给我记着！”

9

苏老师父亲节前一天临时要去厦门开会，第二天我送礼物回去的时候，他已经不在家了，估计我妈拍相片给他看了，他给我发微信，说虽然不能亲耳听见我说父亲节快乐，但是心意他感受到了，作为回报，晚上就打包厦大帅哥的照片发给我。

结果我从天黑等到天亮，却并没有收到一张哪怕是男生的头发丝儿的相片。

等他回来叫我们回家吃饭，吃完饭他拉着先生泡茶，我洗完碗才想起来，问他："爸，照片呢？"

他头也不抬地装傻："什么照片？"

"厦大帅哥的照片呀！"

他脸不红心不跳地撒谎："帅什么帅啊？有我们家姑爷帅吗？"

他们家姑爷僵了一僵，低着头笑了。

我挨过去问姑爷："姑爷，说吧，给什么好处了这是？"

先生抬头，刚要说话，猪猪在旁边凑热闹："姑爷！"

猪猪是苏老师跟风养的鹦鹉。

先生笑眯眯地扭头看了它一眼："乖……"

猪猪抬起翅膀挡住了脑袋。

10

苏老师期末得了个什么小奖金，豪得不得了。

先是跟烟花商量，让他试着把冬枣和香蕉一起吃，然后他给烟花一百块钱，烟花拒绝了。

他又来找我，说："宝贝儿，你今天回家吃饭，我就给你两百块钱哦，好不好呀？"

不好，天太冷，风太大，你的欢宝连门都不想出！

后来终于安静下来了，我还觉得不太习惯，于是就问他：“爸，你那钱还有吗？”

苏老师：“没有了呀！”

没有了还这么高兴？

“花哪儿了？”

苏老师：“我老婆说你们都是帮没良心的小崽子，见我上赶着倒贴怪可怜的，昨晚我们就去给她买衣服买鞋子了呀！”

“哦。”

苏老师：“唉，确实是人比人气死人，但是人无完人嘛，你可千万不要用我来要求小叶啊，那不行的，改天我帮你说说他，他也就是没我这么周到细致而已，你别生他气。”

11

苏老师非常自信，这么些年，一直以中国好爸爸的身份自居，并且一直为自己在没有牵引绳的时代，能利用拆了手柄的跳绳拴着我在人海里安全穿行感到十分自豪，在小区里每见着一个新爸爸，都恨不得冲上前批评教育，再传授经验。

直到我妈爆料，说是某天我缠着他玩捉迷藏，他答应了，我就跑到阳台钻进花架里了，那个老花架是有布帘的。结果他自己看球赛看得起劲，我问：“爸爸，你怎么还没找到我啊？”

他靠在沙发上八风不动，特不要脸地回：“哎呀，你躲哪儿去了，爸爸再找找，你在哪儿呢，不要出声哦，出声爸爸就找到你了，你就输啦！”

然后我就安静地趴那儿睡着了。

结果是先生放学回来，钥匙落教室抽屉里了，来我家拿备用的，苏老师热情地说道：“你就在这儿吃吧，你阿姨在做饭，马上就好了。”

先生觉得不好意思，坐立不安。

苏老师说：“你先去给我浇浇花，浇好了就可以开饭了。”

完全忘记他闺女还窝在花架下边！

最后我就被先生给浇醒了。

以至后来朋友们乐此不疲：“你哪儿毕业的？”

我：“× 大。”

朋友：“你不是交大的吗？”

“啥？”

“你不是你们家叶老师浇大的吗？”

好冷。

12

近三个月的电视台实习结束，我回校继续念研究生，第二天上午上课前几分钟。

同学 A：“后面那个人怎么没见过啊？”

同学 B：“师兄吗？”

同学 A：“不是吧，那么胖……”

同学 B：“老师吗？”

同学 A：“不是吧，那么胖……”

同学 B：“欢欢，你看一下！”

到底是有多胖啊？！

我回头看过去，第一眼，啊，是挺胖的，穿了一件黑色的卫衣，戴了顶白色的棒球帽，看不清脸。啧，看身材不像师兄，看穿着不像老师……这是什么物种？

第二眼，等等，这胖得有点熟悉啊，还有衣服和帽子……

第三眼——

“爸，你今天没课啊？”

苏老师抬起头：“呀！被发现了！”

我气不打一处来：“你再偷穿苏少辰衣服，给人撑坏了他不要了，我可不管买了！”

正好真老师匆匆进门：“不好意思，我来晚了，路上有点堵车……”

说着视线定格在教室后面的角落：“老苏！”

苏老师眯着眼睛笑：“波波！”

住苏老师家楼上的波波老师养了只鹦鹉，叫猫猫，跟我们家猪猪特别要好。

“谁放你进来的！我就说门口那辆车怎么那么扎眼！赶紧滚，影响我上课的心情！”

波波老师很生气，一口气几乎不带停顿地说完这句话后，赶紧拿起保温杯给自己灌水，我赶紧起身去拉苏老师。

苏老师被我推出门之前，扒着门框挣扎着留下一长串话：“我就是来交材料，顺便看看你上课情况！哎，为什么多媒体的钥匙是你拿啊，那是不是得起很早啊？下次别理他们嘛！真当我家闺女好使唤呢！”

13

跟先生冷战，我回家后跟苏老师说了差不多半小时，苏老师全程安安静静地听着。

说到最后，我自己都不好意思了：“爸，我是不是……太不懂事了？明明都开始自己过日子了，还老把不如意的事儿向家里说。”

苏老师这才笑了一声，重重地揽了揽我的肩：“这样挺好的。再过几年，估计就是我主动问你，你却用‘挺好的’三个字来搪塞我了。待会儿我给你教训他，老了我就教训不动了，得赶紧的。自己过日子怎么了？自己过日子就不是我女儿了？在我心里，你永远都是我的小姑娘，我得永远保护你，直到不能保护为止。”

第八章

为人师表叶老师

Love Means You

1

没事儿做，陪先生去上课，在课上睡得昏天黑地。

本就深奥难懂的知识，他又不习惯用话筒，不盯着他的脸，谁能听进去啊，加上我坐在窗边，有风，不睡着才怪呢。

直到他突然开了话筒："不好意思，很无聊吗？我看到有人睡着了。"

"……"

不好意思，醒了。

各种吱吱呀呀的声音，大概整个班的人都转身看我了。

我装死不动。

然后有个学生回答："老师，她……那位同学，好像不是我们班的。"

先生："嗯，我知道，她是我家的。"

2

第二次陪叶老师去上课。

有学生问："老师，我们这节课的考查方式是写论文，还是考试啊？"

叶老师一副很好商量的样子："你们喜欢哪种？"

学生齐声答："论文吧。"

叶老师点头："可以。"

欢呼声后，又有学生得寸进尺："那论文写得好的，老师会送礼物吗？"

叶老师终于愣了一下："其他老师送过吗？"

"送过！"

叶老师不好意思地笑了："不好意思啊，我没这方面的经验，你们希望送什么？"

一个前排的女生声音很大："哈哈，我们开玩笑的，老师你多笑笑就是送我们的礼物了！"

"哈哈哈哈哈哈哈，对啊！"

"哈哈哈哈哈哈哈哈哈！"

"……"

叶老师似笑非笑："这么简单？那你们给老师送过礼物吗？"

还是那个女生："有啊！老师，你那么早来上课，是不是来不及吃早餐？我们以后给你带早餐吧！我们楼下有好多好吃的早餐！"

叶老师被逗笑了："不用了，我也开玩笑的。你们记得留下后面那排位置，这就是给我的礼物了……有人总是迟到，又不好意思走前门。"

嗯，是我。女生宿舍楼下的早餐确实很好吃，所以每次都是叶老师刚把车停下，我就跑去吃早餐了，吃完去到教室，他已经上了半节课。

3

之后我没再去了，有天下午，相熟的一个师妹给我发了个视频，标名——那些年错过的狗粮，齁你一整夏。

我点开，是先生上课时的一段记录。

嗯，私心里，我觉得他可以胜任各种身份。

可以做个别人家的孩子，可以做个标杆老公，可以做个体贴公平的领导，可以做义气又长情的朋友，未来也一定可以做个各方面均合格的好父亲……而其中我最深信不疑的是他一定会是一个好老师。

老师并不算他的本职，就是感觉气质上很妥帖。

我看了不到五分钟，在他不急不缓的节奏、不高不低的声音中，听出这是一堂新时代职业观树立倡导课，条理清晰，逻辑顺畅。

过了一会儿，我看到他勾起嘴角，有了点放松的意思："困吗？我不太喜欢讲私事，但是今天可以破个例。我举个例子，关于我太太的。

"她目前还在实习，是一个很普通的记者，工资很低。我们家养了一猫一狗，她的工资买了狗粮、猫粮和各种小玩具后，常常所剩无几，喜欢的书啊，小零食啊，全忘在购物车里，我总要找各种理由不动声色地帮她付款。做新闻很忙，很累，容易受伤，还不讨好，她也经常跟我抱怨。但是在她父母都劝她换单位的时候，她却毫不犹豫地拒绝了。她跟我说，人生最幸福的事就是理想可以果腹，其他的都可以忽略不计。她比我小很多，我习惯性地把她当小孩子照顾，事实上，她也的确有很多事都处理得不好，生活质量很糟。但是她却悟出了那么一个道理，并说给我听，让我受益终生……"

后来，有学生问他："你觉得这辈子最幸福的事是什么？"

他放下水杯，习惯性地抿了抿唇，笑得并不明显，但的确是笑了："我倒没她那么有志向，我觉得最幸福的事就是让我受益终生的人可以跟我生活一辈子。"

其实，他记错了，我当时说的是——人生最酣畅淋漓的事是理想可以果腹。

至于最幸福的事，我没有刻意去想，但是那一刻我突然觉得，那大概是在有人帮忙敲打我证明他真的很爱我时，他在我触手可及的地方。

一切都不晚。

4

叶老师是这样的，学习委员想问个 QQ 或者微信，好通知教室的调配以及同学们关于作业的疑惑之类的消息，叶老师“唰唰”写下邮箱，微笑道：“我习惯看邮箱。”

叶老师课后在院办公室休息，别的老师都围在一起煮茶聊天，他自己坐在窗边看书，位置正对门口，领导经过时愣了一下，进门就笑，说是几位老师扯了个学生来打掩护。

到了用餐时间，老师们结伴去食堂，小叶老师客气道：“我去看看我太太。”

太太，也就是我，问：“为什么不去啊？都是同事，多交流到底是好的。”

叶老师说：“去过一次了。”

“嗯？聊得不投机？”

叶老师笑：“就聊了一下家里那位的情况，王老师的太太刚评上教授了，黄老师的太太下个学期要出国交流……小叶家那位……”

“啊？还说到我了？怎么说的？”

叶老师：“王老师提到的，海老师接着说，挺可爱的。”

“没了？”

“没了。”

“王老师的太太评上教授了，黄老师的太太要出国了，我就只剩下个挺可爱是吧？呵，等着……”

“你要黑化了吗？”

“我就不能发愤图强吗？！”

“那……你先发愤图强去把碗洗了？”

“谁告诉你发愤图强是洗碗的意思！”

“乖，这样下次我就可以说，我太太还会洗碗呢，才不只是可爱！”

“……”

“人家太太还是宝宝呢！你家的就是保姆！”

我本来气得不得了，说完扭头见叶老师靠在沙发上乐不可支，突然又觉得不就是洗几个碗嘛，叶老师开心就好。

啊，家庭地位是不是反了……

5

我选择回校念书的同时，先生收到了另一所高校的邀请去开讲两门通识课程。那所学校离我的学校不远，我没事儿就陪着他上下课，办公室进进出出的，很快就跟他的新同事们混了个脸熟。一次调研后，为了专心写报告，我在学校宿舍住了三天，赶完报告就去他的学校找他，在教学楼下碰到他们学校的教秘，迎面甩给我一份文件，说：“拿去让你们家叶老师签个字，就差他了，他下了课就走，我逮不住他。”

我有点蒙：“啊？你不是正要上去吗？我……”

教秘姐姐满眼促狭：“你不也是正要上去吗？省得我多跑一趟了，趁着还没上课，跑快点，敲个门就进去了，谁知道你是谁？”

可是问题是我没想直接进去啊，我打算随便找间教室等等来着。

我走到教室门口的时候，还差三分钟上课，窗帘都是拉上的，什么都看不到，门开了一半，传出来多媒体启动的声音。

我深吸一口气，抬手在门上“哐哐”敲了两下，也懒得等回应了，头也不抬，直接就往里走：“老师，打扰一下……”

然后……然后座位上一片哗然！

叶老师一手撑在讲台上，扭过头跟我视线对上，有些惊讶，几秒后突然笑着扭回去了。

我僵在原地，低头拿开文件，往自己身上看了一眼，再抬头看向叶老师，他留给我一个后脑勺，目测还在笑。

老天，分居三天就发了几条微信说晚安的两口子，哪来的默契在同一天穿了一模一样的卫衣打底，并且外面还套了一件一模一样的牛仔外套!

好吧，伸头一刀，缩头还是一刀，我继续低着头冲过去，把文件摊开放在讲台上：“叶……老师，这是周秘给您的，需要您签个字！”

我站在讲台下，叶老师倾着上半身还是比我高了一个头，他低着头看我，嘴角抿着笑，左手抬起来把我被外套压住的一根卫衣带子扯出来，右手“唰唰”签好了字。

我捧着文件，给学生们鞠了个躬：“打扰大家了。”

然后撤退到一半，猛地有男生起哄：“师母慢走！”

“哈哈哈哈哈哈，师母再见！”

“……”

一直到合上门，我还是没完全反应过来，这默契到底是怎么来的呀?

上课铃响了，叶老师的声音也随之响起：“上课。”

学生：“哈哈哈哈哈哈哈！”

我：“……”

叶老师提高了声音：“好了，上课！”

有个男生回答：“老师，你先把你的笑容收一收吧！狗粮味让我窒息！”

“哈哈哈哈哈哈哈哈！”

6

我本科四年都没有加学校的表白墙账号，念研究生了，反而被新同学诱惑着加了。一把年纪了觉得有点丢人……干脆就连叶老师他们学校的表白墙账号一起加了。一次饭后刷到叶老师他们学校表白墙的一条动态，原文是：叶老师一周给我们上两次课，周二的教室是 ×-2××，周五的教室是 ×-4××，周二上课的课间休息时间，老师就坐在讲台那儿玩手机，周五课间，老师就去走廊透风，每周如此，雷打不动。我今天终于发现了，周五的教室正对面是老师的办公室，师母最近习惯在办公室等老师下课。早上九点半从老师那个角度看过去，正好可以看到师母趴在桌上补觉。

我把手机递到叶老师眼前：“叶老师，有人虐狗！”

叶老师正举着杯子喝水，看清楚了的一瞬间，表情活像是吞了一口的蚊子，紧接着就把我的手机抢过去了！

“欸，你干吗？”

我踮起脚去抢，他已经退出页面了，直接点进了对话框，问我：“你跟这个负责人熟吗？”

我摇头。我就是图个八卦的。

叶老师皱眉，一副深思的样子：“我自曝身份，能问一下那位投稿的学生是谁吗？”

“你想干吗？”

叶老师扭过脸，下巴抬起来，很傲娇：“教训一下。还能不能让人有点秘密啦？”

7

先生这人大多数情况下还是十分内敛且不善表达的。

他几乎从不主动跟别人说起我，除了他在国外念书时的一个教授。

陪我看了会儿电视，他回书房回邮件，我瞄了眼他放在茶几上突然亮了屏幕的手机。

八点多的时候，教授问他吃饭了没，然后抱怨说 Linda（教授先生的妻子）晚餐又做了胡萝卜。

先生回复道：“小时候为了娶老婆吃了很多，现在我们家再也不会出现那个家伙。”

其实先生也不喜欢吃胡萝卜。

教授感叹道：“哇！ Eugene，你不觉得跟爱人之间可以用到小时候这种表达很美妙吗？”

先生回：“也许美妙的不是表达，只是她这个人。”

翻译水平有限，一知半解还是瞬间被苏到了。

第九章

软肋铠甲可兼得

1

烟花让苏夫人给他买一双一脚蹬，正好苏夫人有朋友在卖，就存了很多图让他选，结果他没有一双看中的。

苏夫人不耐烦了：“你到底想要什么类型的？”

烟花答：“骚气一点的！”

苏夫人：“……”

苏老师：“这个定义好像有点笼统哈？”

烟花：“就像我姐那双白底红色图案的啊！”

先生：“那是我给她画的！”

苏老师、苏夫人、烟花：“……”

2

苏夫人打电话问我什么时候回去，我说，还有好几天呢，怎么了，想我了？

我当时在接受一个为期半个月的培训。

苏夫人叹气：“我就是觉得你不在，小叶看着怪可怜的。”

……吓得我差点喷了一口咖啡。

“瞧您这夸张手法用的！照这么说，他八百年前就该在资本主义国家痛哭流涕了，还能等到今天？”

苏夫人急了：“哎呀，不是那个意思！就是，平时你俩一起回来，他做什么都能想到你，现在你不在，他一个人坐那儿一动不动，问一句答一句，一点精神都没有。”

……

据苏夫人说，先生也给烟花画了双鞋。

但是烟花并不怎么满意，先生没理他，放下笔就去洗手了：“那没办法了，灵感枯竭。”

烟花爹毛：“你给我姐画的时候你怎么不枯竭？”

先生：“那会儿她就在我旁边，你现在能让她回来吗？”

烟花：“说话就好好说话，虐什么狗！”

先生学我：“我让你没对象了吗？”

烟花：“妈！他怂恿你儿子早恋！”

苏夫人：“讲讲道理，他怂恿你一下你就能早恋？哪儿来的自信？”

“……”

烟花：“喂！她是我姐！我亲姐！你语文老师没教过你一词儿叫爱屋及乌吗！”

先生：“讲讲道理，我要不知道她是你姐，我笔都不拿一下。”

烟花：“……这个家已经没有人爱我了，我要离家出走！哎，等等，我爸呢？我爸……”

先生和苏夫人异口同声：“讲讲道理……”

苏夫人：“谁给你爸在这个家的说话权了？”

苏老师躺枪。

3

躺枪的苏老师在下班后给我发来视频申请，他说他要告诉我一个秘密。

我给面子问："是什么呀？"

苏老师说："从你上班开始，我每天下班开车路过你们单位门口都会停五分钟。"

我有些始料未及："你干吗呢？"

他在笑："停在那儿，好像过几秒钟你就会背着书包跑出来，开门上车，边扣安全带，边问我——爸爸，今天可以去买冰激凌吗？"

那是我读初三的时候，苏老师哪天要是下班早了，接我放学，就可以顺便带我去买冰激凌。

朗姆酒加蓝莓，他的口味直接影响了我，一直到现在。

我差点接不上："那都多久以前的事儿了。"

他"哎"了一声："是啊，你都已经有自己的家了。哪怕我停一个月，能接你回家的次数又有多少呢？可是我总忍不住想，你电动车会不会突然没电呀？或者刚好下雨了，你怎么回去呢？"

我想说您想得太多了，但是说不出口。

苏老师继续说："然后我今天下班早了，停那儿的时候……"

这我就忍不住了："我又不在，你真是……"

"你听我说完嘛！反正就是习惯了。然后从你们旁边那栋楼下来了一个姑娘，跟你差不多大的样子。跑到路边等车，看着手机，很是着急的样子。但是那时候车太少了！她就跑过来敲我的车窗，问我可不可以送她去 ×× 公司。"

我翻着手里的文件："嗯。你肯定送了呗？"

“嗯，我把我的工作牌给她看了，让她拍个照发给她朋友。”

“唉……”

还真是操不完的心。

苏老师继续道：“她是做广告的，给客户的方案拿错了，必须赶在人家下班前把正确的送过去。她说她很没用，竟然犯了这么低级的错误。我告诉她，没关系，我女儿第一天上班的时候连打卡机都不会用，还正好被他们老大撞上了！”

“啧，话真多！”

苏老师：“她就问我说你当时被骂了吧，我说没有呀，因为她来得特别早，比大部分人都早！所以笨一点没关系，迷糊一点也没关系，只要愿意起早一点，跑得快一点，就不会比任何人差！”

“嗯！这碗鸡汤熬得好！”

“我希望哪天要是你也急着送材料，却拦不到车，也有人愿意把工作证或者身份证递给你拍一拍，然后送一送你。”

“……”

我停下了手里的动作。

抬起头，苏老师在笑：“宝贝儿，别光听你妈的，不只小叶想你，我也好想你呢。”

4

提前一天打道回府，本来想给没有精神的先生一个惊喜，结果他先给了我一个“惊喜”——家里没人！

漆黑都不在！

什么情况？

不过既然都打算好是惊喜了，我也就忍着不给他打电话了。

一直到十点，我洗完头洗完澡，把门打开了一条缝，然后回客厅去吹头发，暗暗发誓再过半小时他还不回来就反锁门，第二天再按夜不归宿处理。

中途换手的时候，终于听到门口传来了说话声，是赵鸥。

“老师，你们家的门怎么是开着的呀？灯也是亮着的！师母不是出差去了吗？你不会那个啥，金屋藏那个啥吧？”

“……”

我竖起耳朵集中了所有注意力也没听清先生说了什么，不一会儿就听到赵鸥说：“那我先走了，老师您早点休息。”

接着就是门被推开的声音，然后钥匙砸在鞋柜上的声音，最后是先生的声音——

“妈，跟你说多少次了把门关上，你这样会吓着秦欢。”

“……”

婆婆习惯搞突袭，还经常留门缝，我之前有次下班回到家，一出电梯门就吓了个半死。那段时间刚好到处是入室抢劫的新闻。

没听见回应，先生又叫了一声：“妈？”

他刚换好了鞋，往前迈一步，抬起头就看见了我，满脸的没耐心立马被惊讶取代了——

“怎么回来了？”

“不欢迎？那我回我自己家！”

我故意曲解他的意思，刚走到他身旁，就被他伸手圈进了怀里。

他笑得挺开心，胸膛一震一震的，大有一时半会儿停不下来的趋势。

我啧：“你放开我！”

他还是笑："不放。"

我瞪他："哎，你这样显得我投怀送抱似的！"

他笑得更开心了，像是我说了个笑话故意逗他似的，眼里亮晶晶的："我可没这么想。你是不是心虚啊？嗯？"

"我心虚个鬼啊！哎，你可以啊，趁我不在家跑出去喝酒！是不是还有夜不归宿的先例？老实交代！"

他叹气，突然脱力似的往后退，直接贴到门板上，手还搁在我腰上，拉得我跟着贴上了他胸膛。

"冤枉啊。我每天在家里煲汤擦地你不回来，老蒋同情我独守空房拉我出去消个愁，你就回来了。"

我憋不住笑了："小别胜新婚啊小别胜新婚！小叶先生，此时此刻，你没有什么想对我说的吗？"

"有啊。"他眯了眯眼睛，"今晚有夜宵吃吗？"

夜宵？

我想这八竿子打不着吧："你什么时候开始吃夜宵了？"

他低下头挨我更近了些，笑出了酒窝："嗯，有段时间没吃了。"

"……"

等等，话说到这分儿上，我还不懂就说不过去了啊。

我眨了眨眼睛，又眨了眨眼睛。

我想说你说话注意点啊，别带坏单纯少女啊。

他恢复了正经，抬起手在我左眼睫毛上划了划："别眨了，待会儿又把睫毛弄进去。"

我又眨了眨："你快去洗澡吧，一身的味儿。"

他反而收紧了手："忍忍吧，现在不太想动。"

5

先生洗澡的时候，楼上的阿姨把漆黑送了回来，也就是说，漆黑大爷又勾搭上了一个美妞（猫）。

“漆黑！儿子！娘回来啦！”我拍了拍手。

黑大爷甩了甩脑袋，确定这一切是真的，而不是梦，“喵”的一声，很给面子地扑到了我身上。

“哎哟喂，来来来，好好看看你娘，是不是变漂亮了？变漂亮了请举左手！没漂亮就举右手！”

喜！大！普！奔！

举了 N 次右爪子的黑大爷终于举了次左爪子！

正好先生走了出来，我抱着漆黑故意夸奖：“真是士别三日当刮目相看，我才离开几天呀，咱们漆黑都这么聪明了。”

先生点头表示赞同。

我笑笑，并不戳穿他。

早在前几天，老蒋就跟我通报了：“姑娘，你还有几天回来？你们家叶某人已经走上精神崩塌的道路了啊！整天拿着包薯片训你们家大爷举左爪子才能吃！他有病吧，准他用右手，猫还不能用个右爪子？要是他病情恶化敢叫办公室的人都用左手，我就起义啦！”

我坐到他身边，抓起黑大爷的爪子摇了摇：“感谢爹爹教得好。”

他点头：“主要还是娘亲长得好。”

我笑了：“哎，你怎么教会的呀？它没跟你发脾气啊？”

他顿了一秒，反应过来，有点羞涩地抬起手蹭了蹭鼻子，咳了一声，侧过身面对我：“看着——漆黑，宝贝儿，我知道你习惯用右手，因为我们家漆黑最聪明了！但是你娘不聪明啊，一次说顺口，就永远问左手了，这不纯粹找打击呢嘛，是不，所以你说咱们是不是应该多多照顾她呀？试着举左手给我看好不好？等你娘回来了，就举给她看？嗯？举起来我就给你开薯片，还有小饼干，还带你去妞妞家玩！”

漆黑两只眼睛在我脸上扫了一圈，福至心灵般抬起了左爪子……

“就这样，拍马屁为主，美食美色诱惑为辅。”先生耸肩，总结道。

从小就寡言，工作后工作作风被大多数人评价成雷厉风行的男人，在一个燥热的夜晚，坐在离我不到三十厘米的地方，倾身上前，跟一只猫商量，眉目舒展，语气慵懒，真真是比窗台路过的风还要温柔，看得我心里一片平静，连呼吸都忍不住放慢了。

我真爱你啊，小叶先生。

6

上培训课的几天都是七点半就爬起床，导致我早上清醒过来看手机的时候，才七点四十八，完全不存在头天晚上想的坐飞机累了直接睡死过去。

先生闭着眼睛哼了一声：“醒这么早，今天不是休息吗？”

我们单位的传统，出差回来，至少有一天的缓冲时间。

我叹气：“没调整过来。哎，你该起床上班了。”

他动了动，皱眉：“不想去。”

我：“！！！”

大摩羯竟然不想去上班？

“那，不跟小伙伴们说一声？”

他始终不肯睁开眼，反手从床头柜上拿了自己的手机递给我，脑袋往夏凉被里缩了缩。

一切尽在不言中。

我认命地开机，刚点开微信，就看到了一大堆群消息！

先是老蒋："听说你们家吉祥物回来了，那你休息一天吧，那个会我替你去。"

然后底下开始排队形——

"老大休息一天吧！"

"老大休息一天吧！"

"老大放心，我们继续努力奋斗！"

"老大放心，我们继续努力奋斗！"

……

"哎，看看。"

我拍了拍先生，把手机递过去。

他皱着眉睁开眼，眯着看了好一会儿才笑了笑，接过手机开始打字："这么贴心，涨工资吧。"

群，炸了。

把他们老大夸成了天神！

啊，金钱啊……

我若有所思："我是不是红颜祸水啊？"

先生抬起眼皮看了我一眼，笑了一声，丢开手机，更加心安理得地闭上眼，往我肩上挨了挨："不是，他们不是说了嘛，你是吉祥物。再睡会儿，待会儿起来给教授回个消息。"

"嗯？回什么消息？"

"告诉他，我明白他说的那种感觉了。"

"什么感觉？"

“天塌下来都不想动。The tender land，or...nowhere to go.”

温柔乡。

直译和意译。

7

第二天上班，我早到了办公室，总觉得整整半个月没看到的办公桌积了不少灰，抽出张纸巾正埋头擦呢，一个保温盒“啪”的一声放到我面前。

我条件反射地一抖，再抬头一看，烟花！

“老苏给你做的早餐！”他说。

“你这时候不是应该在上课吗？”

他翻了个白眼：“课间操！我走啦！再有一次，我考不上清华就赖你们俩！”

“你可拉倒吧！你什么时候有考清华的志向啦！”

他边往外走，边继续嘟囔，怨念十足：“没人性，把我当免费劳动力……”

“哎，姐！”他突然转身，“啪叽啪叽”地又跑回我的办公桌前，“你看了那个新闻了吧？”

“什么新闻？”

“就是，哎，你个做新闻的，你……哎呀，反正你以后尽量不要熬夜哈！”

等我反应过来，他已经走到门口了。

同事徐姐正打着哈欠进门，十分惊讶：“咦！帅哥！”

烟花抬了抬头，挥了挥手：“美女！”

然后就进电梯了。

徐姐扭头看我："个性啊！"

我捂脸，这叫有病吧。

第十章

先生揣着小秘密

1

跟先生冷战，白天一整天没说一句话。

到了晚上，他在沙发上敲电脑，我去阳台收早上洗好的窗帘，又重又蓬，我抱着走有些艰难，尽管已经抻长了脖子看路，可还是不小心踢到了电视柜。

我条件反射地蹲了下去，十指连心（脚趾跟手指算一家吧），真心疼。

先生吓了一跳，赶紧放下笔记本，大步走过来，也顾不上散在地上的窗帘了，随手扒拉开就蹲在我面前，拉开我捂在脚趾上的手，皱着眉一脸认真地把那两个脚趾翻来覆去地看。

我顺势钩住了他的小拇指："我以前看言情小说，有些男主角对女主角做过各种各样过分的事儿，我很心疼女主角，很讨厌男主角。"

他"嗯"了一声，反钩紧我的手指。

我继续说："我以前特别挑，不看养成，不看重生，不看生子，可是后来慢慢地，要么因为作者，要么因为文笔，全都看了。但是有一种我到现在都接受不了，就是换男主角。就算理智上觉得男二比男主好，女主跟男二更合适，但我也不愿看……我从少女时期就爱上的人，不管他多不好，跟我冷战也好，凶我也好，怎么都好，哪怕让我百般失望，我还是想跟他过一辈子。那是另一种梦想。”

他点头，倾过上半身枕在我的肩膀上，声音很低：“脚疼吗？要不要我抱你起来？”

“当然要啦！”

我毫不犹豫地抬起胳膊抱紧他脖子。

他笑了两声，把我抱起来。

2

那天晚上，我半梦半醒的时候脱口喊了一声大娇。

窗外朦胧的雾景像极了高中时冬天的早晨。

何大娇起不来床，每天早上都要我收拾好了，背着书包跑到她家当人工闹钟。

结果迟到就变成了家常便饭。

平时还好，从小花园穿过去直接从后门进教室就好了，也不会那么倒霉次次撞见班主任的，可周一、周五碰上全校出勤就糟糕了。

大娇首先会忍不住爆一句不算出格的粗口，然后想带我偷偷绕过主席台直接回教室，结果校长大人的视力不是盖的，一声狮吼：“那边两个是哪个班的？”

二对三千，何大娇毫不气短地吼回去：“七班的！”

七班的脸都给她丢光了，七班的班主任欲哭无泪。

校长大人一抚额，一挥手：“回班级队伍里去！”

于是大娇就听话地把我拉到他们班的队伍里了。

刚开始我很不好意思：“我回四班去吧……”

大娇在我背心上拍一巴掌，生气了：“你傻啊？没人敢扣我们班的分！好好待着！”

就这样，我戴着写着四班的校牌，在七班的队伍里一站就站了三年。

四班的班主任感动得涕泗横流。

原来已经那么久了啊，那些日复一日把学霸从被窝里拉出来，推着她去洗漱，像个老妈子一样帮她收拾书包、找大衣，路上再跟个导盲犬似的被闭着眼哈欠连天的她从后面抱着一步一步把她往学校拖，无数次催促快点快点，却又不得不停下来等她买这买那，同时这样被喂一半，那样被喂一半的日子，原来已经过去那么久了啊。

喊出口的那一瞬间，我就彻底醒了，心跳很快，却有点堵，我知道我又开始想她了。

唉。

“嗯。”头顶突然冒出这么一声。

我蒙了！

听着声音像是醒了的啊，既然醒了，那我叫的明明是大娇，你答应我干啥啊？

我想了想，重新闭紧眼睛，故意带上哭腔：“大娇……”

“嗯。”

“……”

我：“娇，我好想你。叶琪琛他欺负我，他跟我冷战，还问我几岁了，我好伤心啊。”

先生没说话，但是手覆到了我背心上，轻轻地拍着。

“你说他是不是不喜欢我了？”

“不是。他不是。”这次他答应得很快。

我真的有点想哭了，把脑袋拱进他怀里："我特别讨厌冷战。我怕冷着冷着，他就不喜欢我了。"

他可能怕我动来动去把自己动"醒"了，两只手抱住我不让我乱动，过了好久才又开口："秦欢？"

"啊……嗯？"

我本来就是醒着的，听见他叫我，就想像平时一样答应，应到一半又怕他发现，赶紧切换成睡意蒙眬模式。

然后我听见他在我耳边说："不管发生什么，我都不会不喜欢你。我很喜欢你，只喜欢你。"

一字一句，撩人得很。

3

第二天早上上班时雨还没停，先生开车送我去单位，路上两人都闭口不提昨晚的事儿。

他当我不记得，我怕他知道我是故意的。

下车前我跟他说："我之前很担心我出差之前都不会看到你一个笑脸。"

我过两天就出长差。

我不好意思看他的表情，想直接下车，车门还没推开，就被他拉住了。

我回头，见他勾着唇，嘴角有两个小酒窝，眼睛半眯，苏了我一脸。

"好了吗？专心上班吧。"

"……"

不好！不能好了啊喂！

4

出差回来刚好是高考出成绩的日子，没有意外，何大娇在自己当了状元几年后，成了状元他姐。

成绩出来那天的晚上，我们一起去何小弟家吃饭，等菜的时候，小弟的爸爸很激动地跟我们说，成绩是他查的，因为小弟一直在打游戏，到时间了提醒他，他就回了一句“班主任会查的”。

然后查出来了，爸爸问：“×××分，怎么样？”

小弟头也不抬，答：“还行。”

还行！还！行！

我简直惊呆了：“你怎么这么淡定啊？你努力了那么久，难道不期待结果吗？”

小弟啃完了最后一口苹果，用纸巾一擦嘴，看着我，特别认真地说：“姐，我给你分析分析，我查与不查，都是那个分数。就跟你当初查与不查，也是那个分数……啊，虽然是两个方向，但道理是相同的。何必把自己弄得跟只饿狗似的？”

“……”

虽然是两个方向……饿狗……很好，一插插两刀！

先生看热闹不嫌事儿大：“中文系的，噎回去啊。”

我叉着腰，深吸一口气：“成绩并不能代表一切！”

空气突然安静，一屋子学霸用一种虽然很含蓄，但还是逃不过我法眼的“只有没有成绩的人，才说这话”的眼神看我。

我认怂：“我是成绩不好，但又怎么样呢？我嫁了个好老公啊！你以后要是找个……嗯……”

小弟迅速切换了一个混合了嫌弃和不可思议的眼神：“你这样的？”

尾音拖得老长。

我本来想表达我是成绩不好，但是我找了个真心爱我的呀，你成绩好又怎么样，还不一定能找到真爱呢！被打断后，条件反射想回“找个我这样的怎么了”，再想想，好像还真不怎么……于是干脆闭嘴自己生闷气了。

刚想伸手去拿个苹果，先生就把自己刚削好的塞我嘴里，看着小弟笑了一下：“这样的你还真找不着，我这么多年可就只见过一个。”

5

高考前我就跟 Boss 说了，要是今年的状元是何小弟，专访就是我的了，Boss 毫不犹豫就答应了！

结果我把小弟的班主任和先生的班主任是同一个人的事儿忘了！

Boss 打电话给我，感慨了一句：“一连带出四个状元，这个当口退休，可就是真的功成身退了！”

于是我一整个晚上辗转难眠。

先生忍不住了，一把搂住我的腰：“再动？！”

我不仅想动，我还想哭！

先生安慰我：“工作是工作，老师他还能为难你不成？”

“不是为不为难的问题啊！主要是他每次看见我，都是一种看牛粪的眼神！”

窗户没关紧，风把窗帘吹起来，路灯映在先生半边脸上，他笑起来眼里亮晶晶的：“什么牛粪？你不是皇家花园一枝花吗？”

啧！

你不说的话，我一直认为是你来着！

6

办公室跟学校商量好采访的时间，并且通知我后，我跑到饮水机前连灌了两杯水，但还是没办法淡定，喊先生："先生！我不能这么㞞啊！你快说说我！"

先生靠在沙发上，懒懒地朝我抬了抬手："过来。"

我放下杯子走过去。

"这儿。"他用下巴指了指面前的小凳子，那是漆黑的起跳板。

我坐下去，他突然直起腰，两条腿往茶几底座上一踩，瞬间把我包围。

"你干吗？"

他无辜地眨眨眼："我干吗了？"

我左右看了两眼他的腿，用食指指他："君子动口不动手！"

他冷笑，盯着我的手指："谁的爪子？"

"……"

先生盯着我的脸看了一会儿，笑了："不行，看着这张脸我说不了。"

"你什么意思啊？"

他倾身上前，右手食指和拇指捏住我的左脸颊，眼睛对上我的："要不，换人？"

"……"

请把满脑子诚实守信爱岗敬业的叶老干部还给我！

他还敢捏我的脸！

我一把拍掉他的手，哀怨地瞪着他！

他也不生气，重新倒回去，靠在沙发靠背上："秦欢，我发现咱俩很多想法都不太一样。"

我气不打一处来："那是，您可是受过资本主义国家高等教育的，我哪儿比得了？”

他挑了挑眉，像是听见了什么好笑的笑话：“我的意思是这些都算不上事儿。你不想去就不去，不用那么纠结，除了烧杀抢掠，我想后果我都可以帮你解决。嗯？”

我低着头：“我哪有那么闹腾？”

他钩住我的右手食指，微微用力：“你要是不闹腾，我这辈子得多无聊？”

7

采访小弟他们班主任的时候，我在楼梯口抓着同事小程的 T 恤下摆深呼吸，吸——呼——吸，做最后的挣扎。

小程担心地看着我：“姐，你不会是以前翻墙的时候被他逮着过吧？”

我忍不住踹了他一脚：“我最后说一遍，是我朋友翻的墙！我是受害者！”

他还想说点什么，我抬起手制止了他：“安静，给我一首歌的时间！”

然后一扭脸……差点“哐哐”撞大墙！

班主任举着杯子站在消防栓边上，鼻孔朝天：“出息！叶琪琛高一的时候被我从课堂上拖出去迎接外国来宾，脸都没红一下！”

“老师好，我今天……”

他转身进办公室：“工作嘛！昨晚叶琪琛跟我说了，进来吧！”

哦。

总算熬过了半小时，我偷偷呼了口气，正准备起身告辞，突然他十分别扭地哼了声：“随便聊聊吧。”

“啊？”

小程心领神会："那我先去喷泉那儿吹吹风。"

我没想到的是，老师开门见山，半个弯都不带绕的："叶琪琛是我这辈子最满意的一个学生。"

"……"我点头。

"高一一直挺安分的，话少，但懂礼。课堂上不活跃，但被点名提问时，又可以答得很好。高二就开始不参加早读……"

因为我上初中了。

小学毕业后，大娇的爸爸调去了邻市，她也跟着去了，小区里没人陪我一起上学，冬天天亮得晚，灰蒙蒙的，很不安全，先生主动提出顺路可以送我上学。这一送就送到了他高考前夕。

"凭借多年的经验，我就怀疑他是谈恋爱了。"

这个真没有。

"找他谈了次话，他竟然告诉我他在为谈恋爱做准备！"

呃……

"气得我半死！多直肠子一人啊，你说，他要是说他睡不够起不来，估计我也是信的啊！"

没，他一直早睡早起，精神老好了。

"说了一下午，他给我留下一句保证不影响学习，其他都好说，但这个叫我不要管。"

哟，嚣张啊少年！

"后来，成绩一直没下滑，我也就差不多忘记了这事儿。直到高考完，他跟我说还是选择出国吧，我才又想起，还挺欣慰的，我以为要为了爱情放弃理想呢，那可太让我瞧不起了。结果呢，他告诉我，出去吧，离得远了，说不定还能再坚持几年，等你长大。"

嗯？这么不要脸的吗？

“我承认，我当初的确是对你印象不太好。谁让你老跟何妫混在一起，那姑娘太狂了！”

嗯哼？合着这就是恨屋及乌，完了我还默默配合演了个为闺蜜两肋插刀！

“所以我现在正式给你道个歉，我收回当初那句话……”

“不用不用，老师，您太客气了，没事儿的，我没在意！”

“我也是过后才想起，你还算不上花瓶，比你漂亮的姑娘海了去了！我是当时一下子急得找不到词儿了！”

“……”您还不如不解释呢！

老师继续说：“我该给你道歉。你呀，也该对他好！你以为他那几年在美国好过啊？树大招风，起早贪黑写了几个月的报告被人删了，实验组的名额没了，刚开始搬出去住的时候，租不起好的房子，周围什么样的人都有，顶着高烧上了一下午课回去发现家里被洗劫一空，收拾好后，瘫在地上睡到大半夜被饿醒，家里一块面包都没有，就啃了个西红柿……”

我很惊讶：“他没跟我说……”

“他能跟你说？他爸妈都不知道！跟我还是三言两语带过去，给我心疼得话都说不出来了，他还让我别担心呢！”

我说不出话了。

我真的不知道。

老师眼底有了温柔，声音低了下去：“我们啊，半师半友半父子！”

8

回到家的时候，先生正在浇花，我照常说了句“我回来了”，他头也不回："妈让回去吃，我就没做饭，你歇会儿，我换个衣服就出门。"

倒是一点也不关心我的"战况"。

我盯着他的背影，看他对每一片叶子都倾尽温柔。

人们都说，夫妻之间要坦诚，要信任，要有福同享，有难同当。

可是先生他吧，把所有的风度和温和、庇护和宽容都给了我，唯独闭口不提曾经的狼狈。

在这份感情里，我得到的是人人所羡慕的，而付出的，却不及零星。

他回到客厅的时候，我还在走神，他露出有些惊讶的表情，走近后，伸手在我眼前晃了晃，嘴角含笑："怎么了？不顺利啊？真为难你了？那过节的时候我就不给他送茶了……"

我抬起胳膊抱他："先生，上次千舟说的话，你别当真！"

千舟是我的朋友，学法律的，聚会的时候喝大了大言不惭，说我要是离婚，她保证让先生净身出户！

先生"嗯"了一声。

我收紧了胳膊："我什么都不要！我净身出户……呀！"

他捏了把我的腰，把我拉开，眉毛皱得紧紧的："胡说什么呢？受什么刺激了？"

我想可不就是受刺激了吗！还是狂风暴雨夹冰雹的那种！

可是他既然选择了瞒着我，老师应该也不会主动告诉他已经告诉了我，那我就装作不知道好了。

我走去厨房拿酸奶："你们老师说你是他最得意的弟子！让我惜福！我这不是有感而发嘛！"

第十一章

先生的家人们呀

1

先生回外婆家过年，不小心感冒了，在床上睡得迷迷糊糊，外婆给送水，说他皱着眉叫了好几遍我的名字。

外婆问他："是不是想欢欢了？"

他点头，顿了一下，又点头。

样子被外婆描述得特别乖巧特别可怜，给我心疼的呀，恨不得立马就跑到他床上死扒着他不撒手！

外婆调侃他："想欢欢啥呢，这才分开几天，再过几天又可以见了！"

先生埋头笑："她说又吃胖了，想看到圆滚滚的她。"

……总觉得哪里有毛病。

吃完年夜饭跟先生视频，交流汇报各家都有些什么菜。

外婆是典型的川妹子，嗜麻嗜辣，小时候我爸妈忙工作，根本不理我，先生家也差不多，但是他比我幸运，外婆不忍心，干脆来家里专门负责他的一日三餐，所以我经常到点就跑过去蹭饭，吃得开心了，就跟外婆说"外婆，我以后要跟你住"，外婆说"那要嫁到我们家来哦"，我说"好好好"。外婆说"那就嫁给哥哥哦"，我说"好好好"。

味觉是不会失忆的，先生乖乖报了十几个菜名后，馋得我口水直流。

我酸溜溜地问他："好吃吗？"

他说："不知道，没吃饱。"

我震惊："怎么不吃饱呢？"

那么好吃的菜！

先生叹气，语气委屈："我想吃拔丝地瓜。"

那一瞬间，耳朵周围像是有一圈电流，小小的，速度却极快，不过几秒就绕到了心脏。

我情不自禁地摸着胸脯，抬头看见同样摆着十几盘菜的桌子上，我唯一动手做的拔丝地瓜，心脏好像跳得越来越快了。

"嗯，你回来我就做给你吃。"

"好。"

"那……挂了吧，去陪外婆聊天吧。"

"等等！"

镜头里出现一个大红包，在灯光下映得先生侧脸微红："外婆给你的红包，小外孙媳妇儿，明年得来拜年了。"

"好。"

2

先生的爷爷是个手工达人，会捣鼓各种植物做胭脂。

爷爷带我去他的小"作坊"看他做胭脂，中途出去泡茶，让我先随便玩着。

我正玩得开心，先生突然冒出来，从身后把我抱住，再掐着我的下巴，把我的脸转过去，在我嘴上咬了一口，眼睛亮亮的，嘴角的两个凹点露出来："朱唇未动，先觉口脂香。"

……相信我，在叶老师长期无处不在的熏陶下，我就算听不懂，也是可以猜的！

正巧爷爷回来，中气十足一声吼：“别的没学会！淫词艳曲你倒无师自通！”

我慌乱中差点咬到舌头，连忙把他推开，心想：他无师自通的东西可多了！

先生若无其事地靠在案桌上，换着不同的胭脂闻着玩，嘴角的小凹点始终没消失。

爷爷大步流星地走进来，一把抢过他手里的东西，转头认真地跟我说：“别涂给他看！”

我一时怔住，再看先生，笑得眼角的细纹都出来了。

3

要我说，要说失望，爷爷老早就不应该对先生抱有希望。

先生上高中的时候，爷爷生了场病，出院后在他家休养了几个月。老爷子特传统，无聊了就揪着先生背各种古诗词，我因为接受了每天两次喂毛毛的任务，耳濡目染听了一些，先生被抽查答不上来时，我就插两句，爷爷就拿我来教训他。

后来爷爷有意培养我，抽查我的时候我答不上来，先生就在旁边使坏，乱七八糟、八竿子打不着地提示我一通，气得爷爷恨不得抡起轮椅砸死他，大吼“不要教坏妹妹”！

4

赵小蜗是先生的表妹，半夜突发急性阑尾炎，做完手术麻药的效果消失后给我打电话，疼得哭爹喊娘的，我匆匆起床，拽着先生一起去看她。

刚打开病房门，一个枕头就朝我飞来："你是爬着来的吗？"

枕头被先生眼明手快地挡开："看这力气应该用不着探病了！"

"哥……"

病人最大，我把枕头捡起来，拍了拍，走到病床前想给她垫上。

"现在不能睡枕头。"

先生拦住了我。

啊？我不明白，看了眼赵小蜗，她苦哈哈地点头。

也难怪，动作那么迅速，原来是早有准备。

见我一脸疑惑，先生给我解释："椎管麻醉的过程大多数会造成脑脊液循环压力低下，如果垫枕头，则会更低，进而导致头痛，甚至影响呼吸顺畅……怎么了？"

我摇头，眨眨眼："你怎么什么都知道？"

先生笑："还好，术业有专攻，我顶多算个理论型人才。但是……

"照顾你足够了。"

有只大掌揉了揉我的头。

赵小蜗："滚！"

5

领证那天晚上，我主动提议我做饭，先生短暂惊讶后，欣然接受了，往沙发上一坐，长腿往身侧一搭，开始了他所认为的等待。

可是他想错了，我需要他给我洗菜、切菜、拿盘子、尝生熟……

先生忙得气都喘不匀地靠在冰箱上："这就是你所谓的下厨？"

“那大厨做菜有几个小徒弟打下手不是很正常吗？”

他笑了一声，上前把我拉开，竟然已经穿上了自己的围裙，要自己动手了。

“哎哎哎！”我不服，“你们男人是不是都喜欢掌握主动权啊？”

他认真思考了几秒，表情有些揶揄：“也不是，有一件事儿我就不是很喜欢主动。”

我也认真思考了几秒，咳，不说话。性格使然嘛，可以理解。

他扭过头，嘴角有丝笑意：“知道就好了。”

“我……我不知道！”

“那过来，我告诉你。”

“不……不用了！”

“又知道了？”

他笑出了声。

我词穷，干脆闭嘴转身出了厨房。

漆黑盯着我“喵”了一声，我走近一看，明白了。

“先生，你怎么没倒猫屎啊？”

他端着菜出来，往桌上一放，靠在那儿微微一笑，特别秀色可餐。

“我不是说了吗，有件事儿我不是很喜欢主动。”

“你是说，倒……倒猫屎啊？”

“嗯。”

“……”

“不然你以为是什么？”

“……”

6

两家共六个人的晚饭，嗯，我家那“中二病”晚期的破小孩儿一般不会跟我们一起吃饭。

那是我第一次看见公公喝酒，而且还是他自己带来的。

几杯酒下去后，我总算理顺了，先生的酒量真的是遗传的。

沉稳如公公，酒后也跟完全变了个人似的，捞着苏老师的手，张口就是“亲家”，听得我手一抖，喉咙一痒，差点呛出声。

“亲家啊，我这儿子呢，跟我一样，不会说话，但人到底也是个好人。”

苏老师点头、点头、点头，老鸡啄米似的。

“他刚回来的时候，二十出头的小伙子，我想着他有什么啊，就想着我要不先给他买辆车，好歹方便点，可我这儿还没腾出空呢，他就自己开了辆车回来了！”

苏老师继续点头。

先生低着头，不知道在思考些什么，苏夫人跟婆婆则在热烈讨论着另外的话题，明显不想搭理两人。

我没事儿干，反而听得认真起来。

“后来他跟欢欢在一起，我想，唉，先这样吧，到结婚的时候我给买个房就行了。谁知道他不声不响把房也看了，首付也付了，我说给他付尾款，他说什么也不要！我这儿子啊，就是太懂事了。”

我憋不住笑，钩了钩先生的手指，揶揄道：“谁叫你那么懂事的？”

他少有地愣了愣，看了我一眼，我刚要跟着愣，他突然笑了，右边的酒窝对着我，然后钩紧了我的手：“懂事之前，情动以后，长不过一天。这问题得问你自己。”

“所以啊……”公公咳了一声，像是进入了正题，“我打算等欢欢有空，我去给他们把家具都置办了。不然我这心里老不舒坦。”

“你这是什么话！”

苏老师终于不当沉默的老羊了，一拍桌子，平地惊雷似的，苏夫人和婆婆立马也被吓回了频道。

“不是，我就一个儿子……”

看起来公公酒醒了大半，抹了把脸，弱弱解释。

“我还只有一个女儿呢！”苏老师看了我一眼，话音突然低了下去，“你儿子都那么懂事了，这嫁妆总该是我的吧！你还跟我抢！”

“可是……”

“爸！”

公公开了个头的犹豫被先生截断了，他的右手还在桌下钩着我的左手，面上笑吟吟的，视线转到苏老师脸上的时候顿了几秒，笑容蓦地放大，又一声“爸”脱口而出。

苏老师脸上的肥肉和我的左手同时一抖。

两位刚回频道的女士也愣了一下，下一秒便默契地低着头笑开了。

先生握紧我的手，开口之前，两片嘴唇先是抿紧往上一提，连带着眼角往相反方向吊了吊：“你们别争了，那些事儿都是我的。要是我不确定是我的，我也不会问你们要户口本。”

接下来一片沉默……

还是先生自己打破的：“何况我们今后还有很多事儿要麻烦两位……以及你们的太太。”

两位太太被两道戏谑的视线一扫，当即挺直腰板，一副等候发号施令的样子。

几秒种后，见大伙儿都没反应，才慢悠悠把目光转向各自的丈夫，结果迷茫的目光撞了个正着，集体蒙了。

“以后孩子出生了，我们没经验，还不得麻烦你们帮忙照顾吗？”先生优哉游哉地继续展望未来，“还有上学、接送什么的，我们工作忙的时候，肯定还得劳烦你们。”

四老全呆。

我恨不得把头埋进桌布里。

亲爱的爸爸、妈妈、公公、婆婆，放心，你们没毛病，有毛病的是小叶！

幻想症晚期，没救了！

7

我觉得我婆婆简直是个神人。

四月上旬她带团出去比赛的时候，一丁点风声没给我和先生透露，直到准备登机前，才给我们发微信让我们不要想她，有空就回去陪公公吃个饭，他一个人怪寂寞的。

当时我俩：“……”

然后公公也不甘认输，每次我们打电话说要回去都被他拒绝，说什么“你俩忙自己的，玩自己的，不用担心我，也别回来吵我”。

随后我俩：“……”

然后婆婆什么时候回来也没说，某天早上跑步路过我办公室楼下，突然让我下去给她看看时，我：“！！！”

她和大姨一起，我下去就连着喊了两声姨妈和大姨。

当时还没能改口。

大姨算是他们家最难相处的人了，虽然我叫她的时候，她倒是也应了，但还是没忍住挑了我刺：“这都多久了，怎么还把婆婆叫姨妈啊？也不怕人家听了笑话你婆婆！改改！”

我点点头，没能说得出话。

婆婆及时赶走了大姨：“你不是还没跑够吗？你上前面公园再跑两圈呗！我跟欢欢说两句话就过去找你！”

大姨走了，还跟我笑了一下：“欢欢，大姨说话比较直，不是对你有什么意见，你别放在心上啊！”

我赶紧摇头：“没有没有！大姨再见！”

婆婆拉着我往旁边的长椅走去：“你大姨她这个人啊，比较传统，你不用理她，我们家欢欢这么乖巧可爱，别人羡慕都还来不及呢，谁会笑话我？嗯？别想太多，我不是早说了吗？改不了就不改！在意这些干吗，日子是过给自己看的，像你大姨这样的亲戚，几个月见一次，打个招呼就行了，她的本质还是不坏的。多余的咱就不理了！”

我点头，任她从我手腕往上捏了一圈：“瘦了！上个月忙吧？你嫂子没回来，工作量是不是太大了？你妈给我把毛毛养得重了好几斤，怎么没顾得上你啊？以后晚上都回家吃吧，我给你熬汤，好好补补！啊？”

“嗯。”

8

先生还没什么独立意识的时候，也是婆婆事业最忙的时候，所以完全顾不上他，他是外婆带大的。

后来等婆婆闲下来了，先生已经变成了“不想跟你逛街，不想跟你吃饭，也不想你打扰我”的个性少年了。

于是婆婆天天往单位领的就变成了我……

婆婆很喜欢给我拍照，从我幼儿园演学校组织的《向日葵》节目的时候，就开始给我拍了，后来把我往歌舞团带，就各种民族服装往我身上套了拍。只不过跟我和我爸差不多，真正留下来的都是被先生发现后备份的了。

各种社交平台兴起后，在她陆续上传的照片中，我的照片估计比她儿子的多了不止五倍，乃至她多年不见面的、年轻时候认识的外国友人来参加婚礼时，也眼睛发亮直问："这不是你经常发的照片上的小女孩儿吗？"

"啊，好像是的。"

9

先生新房装修好正式搬进去住的时候，婆婆红着眼睛一路追到门边，扒在门上肝肠寸断，交代先生一定要常回家看看，家是他永远的港湾。

然后第二天就把先生的房间改造成了舞蹈房，玩得不亦乐乎。

一直到现在我俩回去过夜的时候，也是我跟她睡，公公睡客房，先生……睡沙发。

公公欲言又止地问先生："你，要不要去书房支个折叠床？"

先生傲娇地一拉毛毯："不用！"

我有点失眠，翻过来，又翻过去，婆婆抬起一只脚压在我腰上："不许跑！"

"……我不跑。我就是不困。"

"那我给你唱个催眠曲吧。"

给我断断续续地唱了大概一分钟，全程是这样的："宝贝儿……哎，下一句是啥，哦，想起来了……咦，这好像是上一句啊？唱过了，对吧？”

我“呵呵”直笑。

她也笑：“笑什么啊？傻不拉唧的。”

“妈。”

那是我第一次这么叫她。

她在我后背一下一下拍着的手停了下来，好几秒后才应了一声：“哎！”

“你真好。”

比起朋友圈里那些乱七八糟、奇奇怪怪、花招百出的婆婆，你真好。

她继续给我拍背：“你也好！”

“我可以亲你一下吗？”

她直接亲了我一大口：“要这种带声的！”

“哈哈哈哈哈哈哈哈哈哈哈！”

我忍不住狂笑。

她见我笑，也跟着笑。

先生在门外忍无可忍：“妈！能不能小点声？！”

第十二章

撸猫遛狗逗鹦鹉

1

家里有一头（太大了，不好意思用“只”）养了六年的萨摩耶，享尽全家宠爱，特别傲娇，直接抹杀了我养猫的愿望。

然而我贼心不死，故意改变先生的散步路线，路过流浪猫收容所的时候，就死赖着不动。先生无奈，只好走进去，我立马狗腿地笑着跑上前抱紧他的胳膊。

漆黑就是从那里收养的。漆黑是我取的名字，虽然先生嘴角抽搐好几次表示不是很赞同，但我坚持。因为漆黑实在是太黑了。

“哎，漆黑跟你姓，好不好？”

先生：“为什么？”

“那也不能跟我姓啊！我又不黑！”

“你的意思是我黑？”

“……”

商量不通，漆黑没有姓。

先生去办手续的时候，我把漆黑抱进怀里，它很乖，懒懒地闭着眼，脑袋还往我胸口蹭了蹭。

先生见了，皱着眉提了提它的耳朵：“坏蛋。”

我当然不能立马把漆黑带回家，于是就把它丢在了先生家。

刚开始还好，吃饭就乖乖吃，也不挑食，吃完就开始眯眼，谁抱就往谁怀里蹭。婆婆也很喜欢它。

没想到过了几天，就开始本性暴露，四处撒野——

在窝里拉便便，在先生的键盘上乱踩，先生瞪它，它干脆就跳到电脑后面把电脑盖子合上，示威地把爪子按在电脑盖上，继续跟先生瞪眼。先生接水，它也跟着跳来跳去抓人膝盖，先生指着它的窝，暗示它乖乖回去，它还咬人。

先生放弃挣扎，躺在沙发上任它怎么瞪，就是不搭理它。我一进门，它就缩起脑袋装㞞。

先生气结："你装？你再装？"

我把它抱进怀里，它立马闭着眼睛蹭我胸口，一副受惊得直哆嗦的样子。

先生咬牙切齿："世界也欠了你一个奥斯卡，是吧？"

先生没法，只能偷偷录下漆黑大爷的罪行发给我以示清白。

2

有一次先生的朋友来家里吃饭，漆黑赖在我脚边不动，我干脆把它的碗也拿到桌下，打了点饭，时不时添点菜。

先生给我夹了块鱼，刚放进我碗里，我下一秒就放进了漆黑碗里。

朋友大笑："叶琪琛，你们家这地位我是明白了，它老大，秦欢老二，你……"

因为是老友，先生难得没礼貌地叫停："哎！我跟他们可不是同类！别乱排！"

“你什么意思？”

我怒。

先生摸我的头发，话是对朋友说的：“他们是领导阶级，我是服务人员。”

3

漆黑真的很好养，都不用买猫粮，一般我吃什么，它就吃什么。不过，除了番茄。小崽子鼻子可灵了，薯片送到嘴边得先闻闻，奥尔良烤翅味的就“哐呲哐呲”跟土匪似的，要是番茄味，就“喵”一声躲得贼快，像是有毒。

跟先生去逛超市，我目标鲜明找奥尔良味的，他却跟在后面拿番茄味的！

我奇怪：“你干吗？你又不吃！”

他无辜：“你不是爱吃吗？”

“漆黑不吃那个，我买这个就好了！”

先生皱眉，倔强地丢了两包进购物车。

“哎，你真是！”

我无奈，想拿出来，腰还没弯下去，就被他伸手一揽。

“你给它买，我给你买，不行吗？”

先生的表情看起来很无奈。我贴着他的胸膛，把这句话消化了两秒，好吧。

4

后来我进入残酷的实习期，先生为了不打扰我，没有再录视频发给我。

一直到春节放假。我看到的情况竟然是这样的——

先生躺在沙发上看书，漆黑跳上沙发把爪子按在他小腹上。先生低头看它，摸了摸它的头：“睡吧。”

漆黑“喵”一声，爬到他的胸口上，缩成一团，脑袋蹭了蹭，睡了。

我震惊！啥时候签的和平共处条约？

先生看着我笑，放下书，一只手臂放到沙发上：“睡吗？”

我乖乖脱了鞋子爬到沙发上，枕着他的手臂，抱紧他的腰。

他拉过毛毯把我和漆黑一起裹住，在我额头上亲了一口：“睡吧。”

我在漆黑背上摸了一圈，心满意足。

5

所以说永远不要相信一个男人说他不喜欢猫！

比如我们家先生，我刚跟他说我想养猫的时候，他一秒不带卡机地皱了眉，然后给我罗列养猫的各种弊端。

结果呢？

跟漆黑和平相处后，竟然开始琢磨着给它买猫粮！理由是别的猫有的待遇，漆黑也不能少！

我：“就这个吧。”

四十块钱一袋，包装挺萌的。

他反对：“楼上周阿姨家的猫就是吃的这个，上次带它散步时，阿姨给喂了点，它不爱吃。先试试这个。”

说完拿了八十块的，四包。

“……”

还有一次，他到我房间，我正在整理衣柜，他突然凑过去看，我连忙把不方便示人的一边关上，问他干吗呢！

他目不斜视地盯着衣柜底端放着的一摞围巾，然后指着最底下的一条，问我："那条没见你戴过，不喜欢就给漆黑垫窝里吧，应该挺暖和。"

我："……"

那可不暖和！那是我姑妈从澳大利亚带回来的！我一直没舍得戴！

6

漆黑就这样成了我们家的一员，和先生的感情越发亲密起来。

某天午觉醒来，我开了门，迷迷糊糊地往外走，客厅里先生背对着我蹲着，我眯了眯眼睛，才看见漆黑也蹲在他面前。

哎？干吗呢？我换了个地方靠在墙上，见先生两只手各拿着一包薯片："你要哪个？"

漆黑"喵"了一声。

"嗯，这个是番茄味的。"他摇了摇左手边的薯片，接着又摇了摇右手边的，"这是牛排味的。"

漆黑继续"喵"，小爪子在地上左右滑。

"知道你不喜欢番茄味的。但是你妈妈喜欢，要是你也喜欢，她一定很高兴。怎么样，要不要试一试？"

我差点笑出声。

漆黑"喵"的声音小了八个度，放低上半身趴在地上，一副"你让我好好想想"的样子。

"喂。"先生拎它耳朵，"行不行你倒是给句话啊。"

漆黑重新直起身体，喵！大概是视死如归了。

"乖。"

先生满意地拆开薯片。

我笑了一下，转身回房了。还是不要拆穿他好啦。

苏老师说每个男人都有孩子气的一面，但是很明显，先生他不太想承认。

那我就替他保密吧。

7

哦，对，还有老成员肥狗大白。

毕竟大白年龄大了，现在带它出去散个步都必须开电动车，一下楼，它就超自觉地跳上电动车。

意思是必须让它坐车去，到公园，它老人家心情好，就陪你走两圈，心情不好，你就自个儿转吧，它在原地趴着等你。

结束了又自觉地跳上电车，嗯，可以起驾回宫了。

有一次我不自量力把它骗去了公园，让烟花把电动车开走，企图说服它走回去的后果是——

我扛回去的！！！

六十斤！！！

五步一歇！！！

它还要时不时舔我脖子，还发出满足的笑声！

最后我肩膀疼了一星期！

我可能养了只假狗……

8

大白在今年春末的时候，进入了黄昏恋的单恋阶段。

对象是何大娇家楼下阿姨养的萨摩，比它小了六岁……啧，也真下得了爪！

顿时腰也不疼了，腿也不痛了，散步电车都不要了，倍儿精神！

我带它散步，离它的小仙女还有二十来米，就开始可着劲挣扎，实力表演什么叫“有了媳妇忘了娘”！

罢了罢了，我松开手，它就拼命往前冲！

那英姿可真真是久违了，至少两年没见到了！

但是！

都到面前了，拐什么弯害什么羞啊！

敢情就为了威风一把，炫耀一下自己老当益壮？

威风完了，又跑回我脚边装㞞。

真是没眼看了！

我使劲把它往前扯，它用哼哼声表达着“不要不要”……

不要？不要您老倒是用点力啊！

阿姨说想去朋友店里聊会儿天，让我顺便给看着小仙女。

我乐呵呵地答应了，强行扭过大白的头：“乖，娘只能帮你到这儿了。”

我躲到一边，两分钟后，丫终于向前了一步。

两分钟后，又向前了一步。

啊！谁要你给我表演慢动作了！上啊！

先生从后面拍了我一下：“看什么呢，抓耳挠腮的？”

“你能不能注意一下你的用词？大白在撩妹，可惜技能不够……”

我拉他上前去看。

啧，技能不够，敏感度倒不错，扭头看到我还带了它爹，一惊，又要往后退了。

我急忙捂眼睛："我什么都没看见！"

先生笑了一声，把我往怀里圈："嗯，我们没看见！"

我被他抱着，看不见大白的反应。

先生又说："行了，我们尊重你，你能不能也尊重一下我们？转过去！"

"……"

9

除了这俩货，苏老师被同事影响，今年又养了一只鹦鹉，叫猪猪。

猪猪大概是天生跟烟花不对盘。

春节的时候，我爸、我公公、先生和小陆凑了桌麻将，我妈和我婆婆在商量今年公休去哪儿玩，烟花和大娇组队打游戏，漆黑见了大白，就不跟我玩了，于是我只能试图去勾搭猪猪。

不过猪猪一见我就害羞，抬起一边翅膀挡住脑袋，任我怎么教"猪猪，叫姐姐"，就是不吭声。

先生走过来，递给我一杯水，也叫猪猪："猪猪，叫我。"

好家伙，另外一只翅膀也用上了，把小脑袋捂得严严实实的，还左右摆，很是紧张的样子。

然后烟花也过来了："干吗呢，笨猪？"

猪猪立马放下翅膀，扯开嗓子大喊："流氓！流氓！"

给烟花气的："你个龟孙儿！"

猪猪也毫不示弱："龟孙儿！龟孙儿！"

后来烟花大概是恐吓它要把它炖了，有一次我回家在楼下碰见烟花放学回来，一起上楼，进门后，烟花走前面，猪猪在鞋柜上，张嘴就是：“炖了你！炖了你！龟孙儿！炖了你！”

我：“……”

我们家阳台上挂了块小镜子，苏老师没事站那儿刮胡子用的。

烟花浇花的时候对着看了一眼，啧：“这个帅哥怎么这么帅！”

猪猪在旁边：“呸！”

烟花一转身，指着先生：“那个帅哥也挺帅！”

猪猪顺着手指一看，立马又用翅膀挡脸，害羞害羞……

烟花：“……”

10

父亲节前夕我回家，一进门，猪猪就冲着我叫“星期天，星期天”，我不明所以：“星期天？星期天怎么了？”

苏老师：“自个儿想！”

猪猪：“呲，唧，嗝，呲……”

烟花大笑：“哈哈哈，说不出来了吧？！你丫不是特喜欢装北方鸟吗？不是带儿化音吗？你倒是给我自个儿一个呀，还龟孙儿呢……”

猪猪：“龟孙儿！炖了你！炖了你！龟孙儿！”

我：“……”

第十三章

大家都是实力派

1

救灾后有三天的休整时间，没想到我第一天就扛不下去了，高烧直逼 39℃。

我也没力气多想，蒙头睡到差不多六点时，感觉真的不行了，喉咙干得厉害，迷迷糊糊给先生发了个微信，简明扼要，说我生病了。

五分钟后还没收到回复，我才想起，早上出门前，他跟我说了晚上有饭局。

再次醒过来是被先生给我的额头贴退烧贴惊醒的，凭着感觉应该没多晚，至少不该是他结束饭局的时间。

且他已经换了家居服，无比精神地站在床头，手里拿着温度计。

“你回来了。”

我勉强打了声招呼，他也不惊讶我醒了，视线依旧在温度计上，过了几秒才掀起眼皮，面无表情地盯着我，晃了晃手里的温度计：“38℃。”

我连忙解释：“我吃过药了，就在给你发微信的时候。”

他点头，弯腰把温度计放在床头柜上，端起一杯明显放凉了的温水，另一只手穿过我的腋下把我捞起来，语气还算温柔：“我看到了。所以只给你贴了退烧贴，不用吃药了。喝点水，我去给你拿条毛巾擦汗。”

温毛巾在脸上呼啦了两圈后，我才算彻底清醒过来，我问先生："你没去饭局啊？"

他边走回浴室挂毛巾，边应我："让老蒋去了。"

我"哦"了一声，有些奇怪："你以前不是这样的。"

说实话，我想起他有饭局的时候，我就后悔给他发微信了。

大娇说我这两年成熟了好多，表现在很多方面，比如不轻易撒娇啊……虽然我本来就不爱撒娇，比较理解人啊，体贴人啊。

以前谈恋爱的时候，算是比较娇气了，鼻子塞一下都要哼哼着连发好几条微信过去，恨不得把自己描述成再晚两小时进医院就翘辫子的那种。

然而收到的回复永远像是批复报告似的，先量体温，再吃药，多喝温水，盖被子睡觉之类的，就差标个一二三四了。

我忘了我有没有小心眼到因为这件事儿想到跟他分手，但一瞬间的心冷肯定是有的，只不过被爱冲淡了。再加上不久后自己开始实习，知道了很多的忙碌无奈和有心无力，也就理解了，自然而然就坚强了很多。

先生挂完毛巾，洗好手走出来，听到我差不多算是自言自语的话，竟然原地停顿了一下。接着走到床头收拾床头柜上的东西，收到一半又停下来，扭头看我的时候，正好对上我一直盯着他侧脸的眼睛。

他像是叹了口气："我当时并不是不担心你。爸把你照顾得太好，我就算有心像他那样照顾你，现实也不允许。我会出差，你当时偶尔也要跟项目，现在更是。我不可能每天都待在你身边，我得设想好，万一在所有人都临时走不开的情况下，你必须有紧急应对的方法和理智，对不对？"

大灯没有开，只开了地灯和壁灯，都是暖黄色，我看到他的睫毛在眼下刷出的阴影，浅浅的。我一直不太适应他一口气跟我说那么多话，大多是讲道理和说教，但是偶尔，我却能莫名其妙听出一丁点宠溺的味道，还有点撩人。

我咳了一声："可是我现在学得很好啊。其实你不用回来的。"

他突然笑了一下，抬手弹了下我的鼻尖："掐头去尾听一半是吧？我都说了那是以防万一。现在没有万一，我能不回来吗？"

我不说话。

这次是真被撩了啊，先生。

他也不说话，安静地看了我好一会儿，才弯下腰亲了亲我鼻子上他刚刚弹过的地方："没良心，我当时纠结了多久才狠下的心，你知道吗？"

真撩 2.0。

2

撩完人的先生第二天就外出开会了，顺便把我送回了苏老师家。

晚上睡觉的时候，苏老师和苏夫人为给不给我铺褥子而争执不休——

我本来就有些发热，说："不铺不铺，我习惯睡凉席了！"

苏老师反对："你现在感冒了！"

苏夫人比较听我的意见："可是感冒也不能突然铺得厚厚的呀！"

烟花在他房间嘶吼："妈！我冷！"

苏夫人吼回去："衣柜里有小被子！"

然后苏老师抓着褥子，苏夫人抓着褥子角，继续盯着我纠结。

烟花继续吼："我又热了！"

苏老师抢先吼回去："空调遥控器在床头柜上！"

我："……"

两秒钟后，烟花“啪啪啪”地踩着拖鞋跑到我房间门口，披着小黄人的毛巾被，顶着一头冲天发：“我要离家出走了！”

我歪过头越过苏夫人，看着他笑：“记得把门带上！”

苏夫人被逗笑了，放下褥子走过去摸他额头：“时冷时热的，是不是还在烧呀？”

烟花瘪着嘴靠着苏夫人把她往外推：“是呀是呀，你再不理我，我爸就要用我给我姐煎鸡蛋了！”

苏夫人继续笑，任他推着往客厅走：“胡说！你姐又不吃鸡蛋！”

我双手合十看着苏老师，特别诚恳地发出请求：“爸，爸，爸，我真没事儿，我冷了自己起来找被子开空调！你先回去睡吧，真的，昨晚排队那么辛苦！我老心疼了！可别再被我传染了！”

我白天已经打了半天点滴，特殊时期，医院人满为患，苏老师半夜去帮我排队挂的号。

他总算是妥协了，把褥子放到一边，又摸了把我的额头，不知道第几次交代我半夜再烧起来，一定要叫他，见我点头点得脖子都要断了，才顶着眼下两坨乌青往外走。

这个全世界最爱我的男人，在把我一切安排妥当后，才想起打哈欠。

3

烟花终于还是很不符合他校足球队成员的身份地说他熬不下去了，天刚亮就拍完我的房间门，又去拍苏老师和苏夫人的房间门，说他要去医院，要去挂水！

连猪猪都被惊醒了，在那儿一个劲重复：“水！水！水！”

烟花气急败坏地吼回去：“再吵小爷我吐你一脸口水！”

于是一大早我跟烟花排排坐在注射室又挂了五瓶水，其间我看小说，他打游戏，互不干涉。

苏老师来送早餐的时候遇到了他同事，同事关心地问他是不是也感冒了。

苏老师说：“不是，小孩儿在。”

同事顺口道：“啊？秦欢病了？”

苏老师抚额：“少辰也在。”

同事：“……”

内心独白大概是：你家俩小孩儿总算出现在同一个时空了！

在医院上班的堂哥抽空下来探望，承诺下班后会送我们回去，让苏老师不用麻烦了。

最后我们仨刚走到医院门口，就看到先生边看手机，边匆匆往医院走。

我忍不住惊呼，他抬头看见我时也满眼惊喜。

门口没几个人，我扑上去抱住他：“你终于回来啦！我以为你物色合适的，打算续弦去了呢！”

好像我哥和烟花同时抽了口凉气。

先生倒是十分淡定地笑了，在我头上不轻不重地拍了拍：“这不得先回来探探情况，看什么时候能带进门呢嘛！”

我气得想咬他一口，被他及时拉开了，他看着我哥认真道谢：“麻烦了。”

我哥摆摆手：“是挺麻烦的。”

完了又问候烟花：“少辰没事儿吧？要一起……”

烟花摆摆手：“不用不用！我让老三帮我把电动车骑过来，我吹吹风，头涨得厉……哎哎哎！”

话没说完，被我哥一把揪着领子往停车场走：“吹什么吹！明天还想来是不是？”

4

病猫辰挂了一早上水，回家又吃了药，小睡了大半个小时，起来终于变回了小豹子，像模像样地做起了数学试卷。

做了十分钟左右，卡在了一道证明题上，一张草稿纸画了半张也没做出来。恰好何大娇进门了，于是非常狗腿地招手：“姐！娇姐！美丽的娇姐！来帮我看道题呗！”

何大娇走过去，拿过试卷看了看，眉毛皱了皱，握住笔想在纸上写点什么，但又停住，如此持续了五分钟，还是没做出来。

病猫辰表示失望：“你不是数学很好吗？”

大娇不服，试卷一扔不伺候了：“不准我忘记啊？我学的比这高深多了！一时想不好怎么下手，怕讲超纲了你听不懂！”

烟花：“……”

一脸“你说得好有道理，我竟然无言以对”的样子。

然后先生也到了，烟花立马转移阵营！

先生站在沙发前十分淡定地看了两眼：“三角形中一边的中线若等于这边的一半，则这一边所对的角是直角，那么这里……”

何大娇发挥了一般学霸都有的求知若渴的精神，站近了听得满脸认真。

我拍了拍猪猪的脑袋：“你想去听吗？”

它傲娇地扭过了脑袋。

我欣慰极了："嗯，我们不听，我们不要和学霸同流合污，做学渣多开心啊！"

猪猪表示认同："渣！"

总之，在先生如此这般这般，又那般那般后，烟花终于露出了茅塞顿开的表情："懂了！"

叶老师也欣慰极了："比你姐好教多了。"

我："……"

什么是"人在家中坐，祸从天上来"？

烟花终于找到了机会打击何大娇："你明白了吗？"

何大娇："我当然……当然听明白了！"

烟花继续嘚瑟："那你给我理理思路？"

大娇生气了："苏少辰，你是不是欠打啊？还有你！乱说什么呢？我们家苏苏最好教啦！一点就通，举一反三，面面俱到！"

战火莫名蔓延到了先生身上。

先生笑了："哦？你教她成语的吗？"

何大娇："……"

防不胜防！

先生这个人作起来是完全不知道什么叫见好就收的，见大娇噎得说不出话了，他还抬手在我后脑勺上捏了捏，问我："是吗？举一反三？这么厉害？"

我起了一身鸡皮疙瘩，毫不犹豫弹起来躲到一边："你们三分天下就行了！我、我、我不想参与！"

何大娇气结："苏秦欢！"

烟花引吭高歌："东汉末年分三国……"

于是先生笑得像统一了中原似的。

啧，肯定是曹操。

5

何大娇大早上给我打电话："女人，为夫现在浑身酸痛不能动弹，偏又腹中无物叫嚣得厉害，实在是苦不堪言，怕是大限之期不远矣，你出墙便出墙吧，跟你的叶小三好好过吧，不要想念我，不要为我哭泣……"

我听不下去了："不就是饿了又不想动吗！我给你订早餐，你再睡会儿！"

何大娇："好！那我再睡半小时！九点之前能到吧？九点以后就相当于吃……"

"滚！"

半小时后，何大娇给我发微信："外卖小哥。"

我："说完。"

"竟然是上次在道馆被我打趴下那个！"

"……"

啊，那个刚毕业的倒霉蛋！

好不容易熬过高三，想去道馆放松一下，结果碰上了何大娇！

放弃了道馆兼职，选择去送外卖，但还是碰上何大娇！

啊，估计三个月的心情都不会好了吧。

6

何大娇项目奖到手后带我去浪了一下午，吃饱喝足，在我号了无数遍"何大娇你拿证了吗？城区你开多少？我的头发一直往后飞，耳边只有风声你知道吗？说好要做小仙女的呢！为什么像个追风少年？”后，奇迹般把我平安送到了家！

“你有病！”

我呸了一下嘴里的头发，毫不留恋地往楼上走，想想还是不放心，回头叮嘱了一句：“回去开慢点，冷。”

她笑了：“姐姐年轻貌美，不是你个夕阳红能比的！”

“……”

狗嘴里吐不出象牙！

一进门，先生正在喂猫，听见动静后，转过脸来：“哟，大侠为民除暴回来了？”

“……”

我扯了扯头发：“那是！差点就壮烈牺牲了！”

“所以那堆是慰问品？”

“不是，歹徒为了保命送的贿赂品。”

他微微一笑。

我扑过去把他摁在沙发上：“我问你，你有没有过那种肾上腺素急速飙升，喉咙发干，双眼发花，呼吸困难，好像天灵盖下全是血，马上就要喷涌而出的感觉？”

“有。”

“什么时候？什么场所？具体什么事儿？旁边都有些什么人？”

“现在，家，你摁着我心脏了，漆黑算吗？”

“……”

“喵！”

漆黑举起两只爪子表示它算。

我放过他，心累地坐在沙发上继续扯头发。

我大概需要十颗后悔药，跟一个飞车党出门，我为什么不绑头发？

“友情提示你啊，别坐何大娇的车！我刚说的就是在她车上有的那感觉，差点以为我不能竖着见到你了。”

先生不以为然地笑笑，把我的手拉开，用自己的手帮我梳理头发，力道无比轻，碰到额头的时候，还有一股很好闻的木香。

我享受了一分钟，想起上次做饭的事儿，猛地一哆嗦！

难道在他心里，我就是个粗暴得不得了、什么事儿都做不成的废物？

我想解释一下，刚回头，先生眨了眨眼睛：“嗯，我记住了，不坐何大娇的车。”

“……”

嗯，记住就好。

头发理好了，他突然把脸贴到我脖子上，像是闭着眼睛放松地呼了口气：“你一整天不在家，家都不像家了。”

“啧，”我抖了抖一身的鸡皮疙瘩，“你不是跟太子相处得挺和睦温暖的吗？”

“谁跟那煤球和睦温暖了？”

新晋铲屎官用一个反问句表达了他的不满。

漆黑大爷明显不满自己的外号，瞪了不知事的铲屎官一眼，挪过来扒了扒我的鞋子，我看它一眼，不做表示。

没一会儿，它又扯了扯我的裤脚，我忍不住了，叹口气，弯腰把它抱进怀里：“没事儿，他没说你。”

先生笑了一声，换了个姿势，一手抱着我，一手拎了拎漆黑的耳朵：“是，没说你，你是白雪王子。”

漆黑“喵”了一声，大脑壳主动蹭了蹭先生的手心，看样子是满意了。

这还是挺和睦温暖的呀。

7

有几天食欲不振，又嗜睡，可巧师姐在朋友圈晒试纸显示怀孕了。

灵机一动就盗图发给先生。

因为是放在浴室的洗漱台上拍的，看不出不是我家。

先生直接回了电话问什么情况，我就一直按照计划扯，说是跟大娇说了情况后，大娇不放心，她给我买的。

先把锅甩了，再用哭腔把失足少女的迷茫和无助表演得淋漓尽致。

电话那头一阵安静，简直想给自己鼓掌！

先生沉默了好一会儿答：“我下班回家说。”

比平时早了半小时，先生换了鞋，一脸沉重地走到我面前蹲下，问：“确定了吗？”

我窝在沙发上继续表演迷茫：“嗯。”

先生继续沉默，再开口时，笑得有点干：“害怕吗？”

我咬牙：“……有点。”

先生：“试纸呢？”

我：“……”

我以为他会理解我作为一个失足少女的羞涩来着！

“扔……扔了呀！”

先生挑眉：“扔了？”

我心里咯噔一下：“那种东西，不扔留着干吗？”

先生不说话，盯着我。

一直盯得我心里发毛了才罢休："好吧……那现在怎么样？舒服点了吗？想吃东西了吗？"

我看着他起身，撒谎不打草稿："嗯，好多了。大概一直是心理作用吧，知道结果了，反而舒服了。"

啊，不过也不能全算撒谎，应该是成功骗到他后心情大好，身体也跟着好了！

他点头："那我们出去吃？你想吃什么？"

"海鲜！"

"你现在怀着宝宝，吃海鲜不好！"

"……"

情况好像不太对？

最后先生看了眼冰箱后决定自己做，切菜的时候说口渴，让我从冰箱里给他拿瓶雪碧。

我拿了，还贴心地开了盖子直接送到了他嘴边。

他扬起脖子喝了一口，继续切土豆块，每一块都跟大拇指那么大。

我靠在旁边默默地看了一会儿，刚抬起手把瓶口凑近嘴边想喝一口，他猛一抬头："你现在怀着宝宝，不能喝冰的。"

看着他满眼的促狭，我败下阵来："哎呀，好了，我骗你的！"

先生："哦。"

"……"

哦？

吃饭的时候，我跟平时一样把手机架在碗边看综艺……这个他管不住，也懒得管了，刚要点"播放"，他抬手就抓走了："你现在怀着宝宝，不能整天盯着手机，有辐射。"

我崩溃了："都说了我骗你的！"

先生皱眉："你现在怀着宝宝，注意胎教。"

完蛋了，这是要跟我死磕到底的节奏了。

我十分不爽地吃了一碗饭，洗碗的时候把碗砸得震天响，他也装听不见。

我就郁闷了，闭口不提遛弯的事儿，回卧室整理衣柜，把梳妆椅摆在衣柜前面，踩着椅子把不穿的衣服放到衣柜顶层。

不经意间扭头发现先生正靠在门框上，我气不打一处来："喂！站那儿干吗？过来！我现在怀着宝宝，要是不小心摔着怎么办？"

他慢吞吞地走到我身后，我深吸一口气，索性往后一倒，压着他一起倒在床上。

他抱着我，闷哼了一声，我胳膊肘顶着他胃了。

我慌了："怎么样？很疼吗？你是不是傻啊？明知道我骗你呢，你不懂躲一下吗？真当我怀孕了？"

他忍着痛训我："傻的是谁啊？你没有怀孕我就要看着你摔下来？你没有怀孕我就不能担心你？"

我张口结舌，不知道前面说过没有，先生认真训起人来的样子挺可怕的。

"让开。"他捂着腹部坐起身，叹了口气，"秦欢，你不要总低估自己在我心里的地位行吗？"

他往浴室走，走了几步，回头把我手机丢给我，痞里痞气地笑了下："你想生你跟我说啊。"

我翻白眼："跟你说有用吗？"

他挑挑眉："目前没有。"

我白眼都懒得翻了："那不就行了？"

他没回头："等你什么时候不屑于用这种招数骗我再说！明明自己还是个半大的孩子！"

我仰起脸："爸爸！"

他彻底走进了浴室："爸爸给你放洗澡水！"

我哈哈大笑："不要脸！"

第十四章

有点撩人的先生

1

难得两个人都不加班，我枕在先生的腿上跟他瞎扯——

“你有没有想过娶一个很会穿衣打扮的妻子？”

先生愣了一下：“怎么说？”

“嗯，就比如，你只看到我不愿去你们工作室，不愿跟小伙伴们聚餐，但是你没有深入想过原因吧？你们工作室那帮姑娘，个个会穿衣服、会化妆、会编头发就不说了，男同志们的女朋友啊，老婆啊，也个个从头发丝精致到脚指甲……我嘛，也就这样了，改不了，我也不想改。就是感觉给个面子的叫我一声老板娘，说不定背后以为我是你家保姆呢……哎，你别笑，我严肃着呢！”

先生咳了一声：“好。我不是说过吗，你不化妆也很好看。”

“拉倒吧。我要信你这个，我都可以满大街喊‘老娘天生丽质’了。你知道我不是那种人。”

“哎，说实话，我以前以为你会是那样的人。嗯，我是指热衷于穿衣打扮。”

“啊？”

“初中的时候不小心把刘海剪短了都整天瘪着个嘴，谁要多看两眼，就恨不得扑上去把人家眼珠子挖了的不是你吗？”

“你还记得这个啊？记忆力真好！”

“也不算好。外婆说我以前有一套毛衣裤，裤子我不愿穿，被她拿去给毛毛改成了衣服，有一天我正好穿了那件毛衣，跟毛毛成了情侣装，逗笑了好多人，这事儿我就不记得了。”

我憋笑：“只挑好的记是吧？”

先生：“不是。是只挑你的记。”

2

我陪漆黑在沙发上看电视，先生洗完澡，转着手机坐到我旁边，面色如常。

“我们办公室一姑娘，天秤座的。”

“嗯。”

“选择困难症特别严重，刚在群里说要给闺蜜买生日礼物，买口红，纠结买迪奥、娇兰，还是圣罗兰。”

“嗯。”

“我说圣罗兰吧，味道不错。”

“嗯。”

“她艾特我，说我功课做得不错。我说没有，略有涉猎而已。”

“嗯。”

“她又问，靠不靠谱。”

“嗯。”

“我说，实践出真知。”

我：“嗯……重点？”

先生笑："没重点，调戏你一下。"

3

做策划是件很耗脑细胞的活儿，特别是现在动不动就要推陈出新。我在三个文档之间跳来跳去，头发都抓成鸡窝了，完全不知道要怎么出这个新。

无形的压力大概就是这么来的，我接连做了好几天的噩梦，全是妖魔鬼怪喊打喊杀。

第四天晚上比较例外，我梦见我嫁了只凤凰！嗯，准确点说，是有只凤凰抢了我，一定要我给他生蛋！

我不从，不从，不从！

接着凤凰就化成了人，一张脸好看到惨绝人寰，骨节分明的手掐着我的下巴，好听的声音响在我的耳边："女人，乖一点。"

好吧，我生！可争气了，一窝得了俩儿！

就在我满心幻想着不久就可以过上夫君帅、孩儿萌的幸福生活时，那凤凰开始整天不见人，就知道给我留字条安排我孵蛋！嗯，凤凰还会写汉字儿呢！好不容易蛋孵出来了，凤凰终于来看我了，但不是一个人，身边还站着一个青衣男子，凤凰告诉我说青衣男子是他交往许久的心上人！

我一口老血……

那凤凰看着男子，深情款款地开口道，后代的事儿已有着落，父母不会再干涉他们，先前种种都是迫不得已，希望他万万不要怪罪。

等等，凤凰先生，您知不知道您这行为是骗婚啊？是不道德的啊！

凤凰先生只对我说了三个字——辛苦了。

滚犊子！你可以不爱我！你怎么可以骗我！

我大喊："不！"

然后就在回声中，被凤凰先生踹下了山——

嘭！

短暂的失重感后，我的老腰传来剧痛！

先生躺在床上，面无表情地看着我，完全没有施以援手的意思："又梦见跟熊大哥比赛跑八百米了？"

呃……

我爬起来解释："不是！这次是凤凰！"

先生："哦。"

起身下床，完全没有往下聊的意思。

我趴在床上，慢慢往他那边挪："我梦见我嫁了只凤凰，应该是凤凰大王，变成人后长得很帅，可惜他喜欢男的。"

先生往浴室走："今晚该轮到孔雀王子了，希望他不是。"

我瞬间醍醐灌顶："不对啊，怎么也该轮到你了吧？"

先生很明显僵了一下，几秒后又笑了起来，勾勾手示意我过去。

我走到他身前，还没来得及问干吗，他突然弯下腰，把额头枕在我肩上，估计猜到了突袭情况下我可能承受不住，右手还托住了我的腰。

"我不用出现在你的梦里，因为我控制不了那是一个好梦还是噩梦。我只要在你身边就好，这样我就有努力把你的不开心变成开心的余地。换衣服去上班吧，小林之前说从日本带了种安眠作用很好的熏香，我帮你要点回来，争取今晚做一晚孔雀王妃。"

4

已婚的先生被他惨遭逼婚的未婚男性朋友拉出去听诉苦听了一晚

上，回来时，整个人都不好了，眉毛皱着，嘴唇抿着，一看就老大不高兴。

我刚嚼完一口苹果，问：“怎么了？被成功洗脑了？开始向往自由身了？”

他在皱眉的基础上，再皱眉：“结婚有什么不好？”

“啊？”

他看向我，眼神委屈：“他为什么不想结婚，我二十岁就想结婚！”

“……”

“说说说，还说个没完没了，说得我差点想动手揍他！”

哎呀，这可不行！

我连忙挪过去拍拍他的肩膀表示安慰：“乖，冷静，冷静……”

他继续用委屈的眼神跟我对视：“我觉得结婚真的挺好的。”

“啊。”我正咬着苹果，只能这么回答他。

先生叹气，突然低下头来，鼻子挨着我的鼻子也咬了一口苹果，嚼了嚼，还是皱着眉，老大不甘心了这回是，然后说：“结婚这一年，我比前二十多年的每一年都开心。”

5

母亲节。

我洗好澡，刚打开浴室门，漆黑扭着大屁股嘴里叼着一枝玫瑰花走到我面前，把花放在我脚背上，抬起脑袋，讨巧地“喵”了一声。

这、这、这、这是什么操作？

先生放下手机，靠在门上歪着头看着我笑：“养兵千日，用兵一时。教了不下十遍，总算没搞砸。”

他那天穿了我用第一份工资给他买的衬衣，棉麻的，米白色，因为热，袖子挽到了小臂上方。

听说两个人在一起久了，更多的是风平浪静的习惯。

他不是的，他永远是我惊涛骇浪的惊艳。

6

因为一个小手术，术前术后我一共在医院待了一个星期。

先生在家、办公室和医院之间来回跑，哪怕再注意，也显得有些狼狈。

他每天比平时早起一个小时给我送早餐，交代完这个交代那个，我看着他明显肿了一圈的眼睛（他睡不好，眼睛就会肿），心里酸得厉害，抓了他的衣服下摆直起腰想亲他一口，结果被胡子楂扎得愣住了。

他笑着摸了把下巴："还真有啊，没太看得出来。"

我有点想哭："你专心上班吧，我都多大的人了，又没有多严重。"

他揉了揉我的头："我不是担心，我只是不放心。"

"那，你能不能直接请假啊？就陪我几天。"

他叹气："不行，最近比较忙啊，我要是带了这个头，多动摇军心啊。"

我不屑："那迟到早退就没人说啦？"

他笑了："不过问领导的私事儿是一个好员工的必备素质。"

"那也是你这种领导太不亲民，不信你看看我们Boss……叶琪琛，是不是很不适应现在这样？"

现在，我每天都穿着病号服躺在病床上，接受着乱七八糟的指标测量，你几趟奔波，煮一碗粥多放了几克盐都被医生当成小孩子教训。

我身体其实算好的，大病没有，小病自愈。先生也是，虽然工作很忙，但是从来没有浪费过健身卡，所以真就跟个金刚似的，完全没有小说、电视剧里突然胃出血或者晕倒的迹象。

这次事发突然，对我们两人来说，都是一个不小的挑战。加上苏老师和苏夫人都不在家，我们就商量了一下谁都不告诉，所以才变成了他一个人辛苦。

“秦欢，突然是突然了一点，辛苦也的确是有的，但是我不认为需要适应。我们还年轻，这是第一次发生这种事儿，慌张害怕都会有。但是等我们老了之后呢，或许十天半个月就要进一次医院，只有慢慢地经历这些，到那时，我们才能坦然面对吧。”

这是他给我的回答。

我忍不住想，这个人是有多爱我啊，什么事儿都能想到老了以后，想到一辈子，想到这一生完结。

第十五章

先生的清奇脑洞

1

千舟突然说想去把头发染成粉色，因为在过去漫长的学生时代里，太循规蹈矩了，导致现在每天睁眼闭眼想的都是叛逆。

我期待地看了先生一眼：你看，可怜可怜我们这帮老实孩子吧。

先生挑眉："看我干吗？你已经叛逆过了，在你的学生时代。"

我震惊："我叛逆什么了？"

先生："早恋。"

"……"

2

面试前，超紧张，怕结巴，怕忘词。

先生安慰我："放松，到时大家都看着你，不会有人注意你出不出错的。"

"为什么大家都看着我？"

"因为你好看啊。"

"……"

这是没睡醒，还是睡久了，还是吃错药了？

我正想伸手去碰一下他额头，他一挑眉，背过身，继续给仓鼠添食。

“当我没说。”

“什么叫当你没说啊！”

“想鼓励你一下。但是太不真诚，怕报应在你身上。”

“滚！”

3

我一直不太会画眉，好久不见的朋友约见面聊天，扑了点粉，涂了个口红后，让先生给我画眉。刚画好一边，朋友发语音过来：“我没化妆就出门了哦。”

我一愣，推开先生：“卸妆！”

是谁说的，跟女神约会，她不化妆你也千万不要化，不然人素颜还比你好看，那尴尬程度可就增长了不知多少倍了！

先生拉住我：“回复她，就说你没减肥就出门了。”

“……”

4

去先生堂姐家吃饭。

到小区门口的时候，堂姐抱着小外甥要去幼儿园接大外甥，看见我们了，就直接把小外甥扔给我们先抱回家。

小外甥仰着脑袋，奶声奶气地叫舅舅抱抱，先生看他一眼：“让舅妈抱。”

小外甥扭着脑袋看我：“舅妈亲亲。”

我蹲下去亲他，他“扑哧”一下就笑了，肉嘟嘟的，把我的心都要萌化了！

“舅妈抱你。”

我想抱他，被他推开了：“重，舅舅抱，舅妈手会痛痛。”

先生：“……”

认命地蹲下去抱起他，不甘心地敲了敲他脑袋：“没良心的小家伙，就记得舅妈给买的糖了，舅舅买的牛奶呢？嗯？”

小外甥厚脸皮地抱着先生脖子，“咯咯”笑个不停。

在电梯里遇到同样来亲戚家做客的先生的老同学，老同学看了小外甥一眼：“哟！老大都这么大了？”

先生一本正经地看了我一眼：“没，老大那么大了，这老二呢！”

我：“……”

5

跟先生斗嘴特别容易逻辑混乱篇——

比如我问先生：“等老蒋真正结婚的那天，你会不会哭？”

先生用看神经病的眼神看我：“他结婚，我为什么要哭？”

“他不是你最好的朋友吗？说好的深厚的多年同窗之谊呢？”

“那我结婚的时候，他为什么不哭？”

“因为你结婚的对象是我啊！他还有什么不放心的？”

“那我对 ××（老蒋女朋友）也很放心啊。”

“你竟然在我面前夸别的女人！”

“你还在我面前关心别的男人呢！”

“那我关心老蒋还不是间接关心你以后的工作强度嘛！”

“我夸 ×× 也是间接关心你，让你不用担心我啊！”

“……”

好像没毛病。

再比如我看完一本男主是高级操盘手的小说，被迷得七荤八素。

我：“好想嫁给操盘手啊！有眼瞎的吗？”

先生：“眼瞎怎么当操盘手？”

我：“……就你知道！你什么都知道！那你怎么不去当啊？”

他认真地看了我一眼：“我眼瞎。”

“……”

6

我堂哥，闷骚十级代表人物。

本来我的手术可以让他做的，他偏要交接给他同事，然后进手术室的时间我告诉了他三遍，但他还是以要门诊为由推托没来看我。

至于术后的问候，那更是没有的事儿。

我十分心寒。

结果我去复查的时候，他同事又告诉我，说他值完大夜班本来是困得找不着路了，好不容易挪着步子到了停车场，结果又爬上七楼去问同事我手术的具体情况，一再确认不需要二次动刀后，才把刀口恢复的注意事项和规定食谱详细发到了先生的微信上。

我感动得拿出了一个星期的工资请他们夫妻俩吃饭，饭桌上问他不亲手给我做手术是不是因为担心关心则乱？毕竟我中途还被剪断了一根血管，虽然是件微不足道的小事儿，一般医生都会立马处理好，但是碰上哥哥，会不会瞬间慌乱不知所措？

我哥答：“只是不想看见你像个僵尸一样躺在手术台上。”

“……都不知道我嫂子当初是哪只眼睛看上你的！”

嫂子：“两只眼睛！那是我眼光最好的一次！”

“姚副主编！炫夫是种病！抽个时间让小叶医生给个亲情价给你疏导疏导吧……你干吗？”

先生：“炫夫是种病？”

“……”

“是传染病吗？”

“……”

“嗯？老婆？”

“……”

就算是，我也有抗体！

7

我跟小程去拍消防队演习的时候出了点意外，摔坏了摄像机镜头。

回来就被Boss罚在他办公室面壁思过了一早上，兼全程听他抱怨——

“你俩自己说说，你们哪次出去是把东西完完整整带回来的？”

啧，瞧这话说的，不就是蹭了次车门、爆了个轮胎、丢了两张工作证、砸了个相机吗？

小程弱弱道：“Boss，我赔……”

Boss：“赔赔赔！你除了这句话，还能说点别的吗？有几个臭钱了不起啊？”

小程：“……”

最后我俩被Boss发配去给他洗车……啧！

见过这么徇私枉法的吗?

小程下午上班的时候带了两条橡胶背带裤，美其名曰“装备要炫，姿势才能帅”。我敢保证下班的时候，一脸严肃跟我们说加油的同事们，一出门就笑癫了!

洗着洗着，小程突然道：“姐，我怎么觉得刚开过去那车，有点像你家的……”

“啊？”

我抬头一看，我老公，西装革履，站在车门前看着我，笑得桃花满面：“嘿！超级玛丽！”

我：“……”

你才是玛丽!

8

单位有一个小学试教活动，我也是参与人员之一。

出发的头天晚上，我把衣柜里里外外翻了一遍。

平时上班我都是短袖短裤凉鞋，风里来雨里去，有领导下来就穿正装，去先生他们办公室才会穿裙子，这都成一套体系了，所以这节外生枝的，让我怎么办嘛?

先生问：“你那条厨娘裙呢？”

看吧，这就是“直男”眼中的背带裙。

“……够了啊先生，一下是玛丽，一下是厨娘，不知道的还以为你娶了个什么玩意儿呢！”

他看着我乐：“心肝玩意儿！”

啧!

9

遛弯儿的时候，大白想要抱抱，我试了一下，发现不行："不行啊宝贝儿，去找你爹！"

它善解人意地叫了两声后，直奔它爹的长腿而去，抱着就不撒开，仰起脑袋小声哼哼。

先生毫不领情："你长大了，不能整天要抱抱了！"

要不怎么说懂事的孩子没有糖吃呢，这要搁在漆黑身上，那不得龇着牙和你同归于尽啊？

结果傻狗一听，就松开爪子摇着屁股转身走了，走两步不见我们跟上，还停下来等我们，大脑袋扭过来，一双眼睛水汪汪的。

我指着先生："你以后敢这么对我儿子，我跟你拼了！"

他无所谓地一笑，上前蹲在大白面前："就抱一会儿，待会儿出了电梯就自己走，好吗？"

大白乐得快晕过去了。

电梯里只有我们一家三口，先生用右手抱着大白，我按了一楼后站到他的左边。

他偏头看我："我不要儿子，我要女儿。"

我也偏头看他。

他继续说："然后整天抱着她，像以前抱着你那样。"

我的耳朵有点烫："我以为你会说要一个像我一样的呢！记不住全句就不要乱记嘛！"

我不要儿子，我要女儿，要一个，像你一样的——钱锺书先生对杨绛先生说的。

他笑："要一个像你这样的可不行。"

我瞪他：“为什么？”

他笑：“招人惦记。”

10

老蒋对着我家餐桌上第 N 束熬不过俩晚上的绣球花默哀——

“小苏同学，不是我说你，你也太缺乏对自我的认识了！绣球花这货是随便一个人想养就能养的吗？以你这性格，听哥的，养盆太阳花得了，别浪费你们家孩子的教育基金了！”

我委屈巴巴地看了先生一眼。他迅速感应到后，抬起头，把视线从手机移到老蒋身上：“不！”掷地有声。

于是我也骄傲地挺直腰板抬高了下巴：“不！”

老蒋有点惊讶地跟先生对视：“不啥？”

先生：“不养太阳花。那是你养的，我老婆的气质就跟绣球花配。”

老蒋：“……”

我：“嗯！而且我们家的教育基金也用不着你操心！”

先生：“嗯，用不着你操心。”

我：“我，我马上就要篡位，啊，不，我马上就要升职加薪，然后包养叶琪琛，让他专门在家给我洗衣、做饭、讲笑话，让你一个人去开会、出差、加班，累不死你！”

先生：“嗯，害怕吗？”

老蒋：“……”

11

先生下班早了，说要回家给我做松鼠鱼。

结果我们家，嗯，就是，周末嘛，就吃外卖，而工作日呢，就去千舟家蹭一天，老蒋家蹭一天，堂姐家蹭一天，苏老师家一天，婆婆家一天，齐活儿！完全用不着开火！

所以某人把鱼处理好后，发现家里没有糖和番茄酱，打电话让我顺道带回去。

我刚要下班，担心回到小区再买会人多，干脆就在楼下超市买了。

在超市遇到堂姐夫带着小外甥买牛奶，就顺便送了我回家。

进门时，先生围着围裙从厨房里出来，我故意逗他："你刚不是在下面吗？"

他皱眉。

我呵呵一笑："仿真版的！哈哈，姐今天去看朋友，姐夫把小浚带到单位去了，刚在超市碰见，就送我回来了……"

十个人见到小外甥，有九个觉得长得像先生。

他无声地笑了一下，弯腰打开鞋柜，把我的拖鞋递到我面前，然后接过我手里的超市袋子："过两年我们造个迷你版的。"

我："……"

12

我有两天被网上那个"马屁精"的段子洗脑得十分严重！

马屁精，孤立你，上厕所，不带你，值日生，全给你……

第二天要出席一个会议，晚上我把我仅有的两套正装翻出来熨熨，问先生："我是穿裤装好呢，还是裙装好呢？"

他答："都可以啊，这两套你穿着都挺好看的。"

我："马屁精！孤立你！"

……条件反射！完完全全的条件反射！

他愣了一下，转身去客厅了！

“哎哎哎……”

我赶紧追出去，拼命哄啊哄啊，哄了好几分钟终于哄到他开口——

“请孤立我，谢谢。”

第十六章

学霸何恋爱实录

Love Means You

1

大娇刚去北京的第一年冬天，北方老师问她："北方比南方好吧？有暖气哟！"

大娇说她更喜欢南方。

老师不解，说南方黏糊糊的有啥好的。

大娇说南方好啊，她生于南长于南，南方还有苏秦欢。

"生者父母，长者故土，伴者在邻，苏家秦欢。"

这是她那晚发到我微信上的，是我逢人便想说的，这是她跟我说过的最最好听的情话。

过完年，她回北京的前一天晚上，我给她收拾行李，悄悄在行李箱里放了一枝桃花、一枝李花。

等她到了，打开箱子发现了，拍照给我，问："这是个啥玩意儿？"

我回："你带不走苏秦欢，但带走了岭南的春天。"

2

大娇去北京的第十天，朋友圈终于更新了一张王府井的相片，配文字——帝都很好，但是没有苏秦欢呀。

乐得我直接给她微信发了一屏幕的亲亲，等了一会儿不见回复，只能去敲小陆：“姐夫，姐夫，北京好吗？”

小陆秒回：“北京一点都不好，还好有何妫……但是何妫心心念念着小姨子啊！”

我笑得快从床上滚下去时，被洗完澡出来的先生眼明手快地伸手托了一把。

接下来大娇同学又“消失”了——有个项目的启动答辩会，前前后后一共准备了一星期，万事俱备，结果早上出门时忘了拿策划书。

小陆在开会时猛地想起，直接就跑回了家。

我只在十岁那年去过一次北京，所以我不知道北京现在的交通条件如何，也不知道从小陆公司所在的那条街，回到他们住的地方，再到大娇的学校，一共有多远。

跟我一样路痴的小陆又是用了什么办法以最快的速度把策划书送到了大娇的手里。

这些，我不得而知，也不敢想象。

只从大娇的嘴里得知，当她慌慌张张从楼上跑下来时，就见小陆低着头站在不远处，一手拿着策划书，一手按着手机，胸膛剧烈起伏得让他完全没办法站直。

直到大娇的手机响起，小陆才抬起头看向她的方向，晃着策划书笑了笑。

他没去过大娇的学校，更不知道答辩会是在哪栋楼进行，就那样阴错阳差地寻到了楼下，还不敢有丝毫放松地竖起耳朵，隔着半个篮球场的嘶吼，听到了大娇的手机铃声。

我娇傻了，少有地，彻彻底底地傻了，就像跑下楼时那样少有的慌张。

我太了解她，只有在傻透了的情况下，才会明明见了人，却还停在原地等着手机响起。

小陆把策划书交给她，在她愣愣地准备转身就走时拉住她，把她轻轻地按在怀里，告诉她："冷静，好好答，一定可以的。"

大娇："……"

"你做得很好，忘记策划书不是马虎。你只是太累了，今晚给你熬排骨粥，嗯？"

……

翘了会的小陆给领导的交代是这样的："作为员工，我愿意给您道歉，也愿意休息日加班和放弃奖金，以弥补我所有的过错。但是我是为了她来的北京，哪怕有一丝可能，我都不能让她的梦碎一地。"

那天晚上大概是大娇有生以来第一次在微信上给我打那么多字，我往上滑了两次才把整件事儿摸透。

毫无疑问，我是她最信任的人，她无条件地信任我，不计后果地照顾我、包庇我。

但有一点，在感情上，她不乐意我窥探她的内心，不乐意任何人窥探她的内心。

破天荒地，她告诉我："我跑下楼的时候就知道来不及了。太迟了，我想起来太晚了，浪费了太多时间，根本就来不及。我接受了，秦欢，我真的能接受，不可惜，一点都不可惜。在我看到他的那一瞬间，我宁愿放弃，我宁愿他不知道，宁愿他想不起。他比你还路痴，每次坐地铁都要跟我争辩好多次，没有一次是对的。我不知道他是怎么找来的，坐反了多少次地铁，身上的零钱够不够用，我真的不知道，我从来没想过教他怎么看方向，也没有把自己的零钱分一点给他。我每天看着他乐呵呵地出门，我怎么能不想一下他可能会遇到的困难和尴尬！”

她没哭，但我知道她比当初跟小陆闹分手，被小陆找到后打电话给我哭着问我“爱情到底是个什么玩意儿”时还要难受一百倍。

她终于开窍了，为时不晚，却痛彻心扉。

时有时无的回声让我猜到她当时大概是在楼梯间。

我没有说一句话，安静地听着她一字一句地剖析她的自责。

我不知道挂了电话，湿纸巾往脸上一抹后，她会依旧一脸木然地进门，还是会温柔地跟小陆说一声“我回来了”。

我只知道我再也不用为她着急，不用为小陆提心吊胆了。

我也傻了，我那小霸王闺蜜，二十多年来第一次向我展示了她这么震撼的另一面，我被她吓傻了。

先生伸手把我拉到他腿上圈住，细微的胡楂蹭过我的鼻梁，我才惊觉我已泪流满面。

他在我的脸上一点一点地亲：“乖，不哭了，多好的事儿啊，小陆今晚没准高兴得要拉着我通宵呢，你可得放行……”

不说还好，一说我就收不住。

我反手抱住他的脖子，把脸埋进他的肩膀，终于找到了机会告诉他他错过的我和大娇的故事。

我终于有机会向他解释婚礼上大娇为什么会那样不顾形象地哭成泼妇。

我说：“你不知道，她从来没有谈过恋爱，也没有喜欢过谁。

“她幼儿园就开始帮我打架，哪怕是一个我本来就吃不下的包子，也不让别人抢去。她是第一个告诉我我有权利抓紧属于我的东西的人。我到现在都记得小学毕业她转学离开时抱着我哭了一晚上，也记得那三年她一有机会就回来看我，车门一开，就扑下来把我抱住，她总不让我去看她，总说担心我被拐走。我还记得高中她回来时跟我睡在一个枕头上聊了一整晚，我嘟着嘴亲她的相片还被她带去了北京。

“总是说我是她家的小姑娘，可是我们园长去年见到苏老师还说，苏秦欢是长得乖巧，真正漂亮的是何妫。明明是因为我做了小姑娘，她才做了小姑娘的保护伞。她成绩那么好，所有老师都说她是你之后第二个不仅能干还能看的学霸，我曾经还想过她和你才是天造地设的……”

戛然而止。

先生的手覆在我的后脑勺上，稍微用力把我从他肩膀上拉开，然后坐直身体，皱着眉瞪着我。很明显地不想让我继续往下说。

我张口结舌，还好他没让我胡思乱想多久，叹了口气后，低下头抵着我的额头看着我的眼睛。我知道那里边全是眼泪，因为我看不太清他的脸。

“好了，大不了我拒绝他，让他找老蒋通宵去还不行吗？”

他牛头不对马嘴地开口。

我顿时又蒙了一圈：“我不是这个意思……”

他把我往怀里一按，换成把自己的脸埋在我的脖子里：“我爱你。”

“……”

“但是你别问我爱你什么，也别问我从什么时候开始的，我不知道。偷偷帮你剪小红花的时候，还是你脚受伤我背你去看医生的时候，我都不能确定那是因为喜欢你，还是因为熟悉而本能的帮助。甚至在高考的时候，我还是不清楚那究竟是暗示你，还是男性普遍劣根性发作的纯调戏。你知道，我出国之前，我们从来没有分开过……我的意思是几乎天天都能见面，很多东西容易被影响和混淆是正常的。所以我到美国后，才真正开始正视对你的感情，会想念，会不安。我很确定我那一年就开始想娶你。”

我：“……”

这莫不是气氛太好，所以炸出了表白？

“我知道你跟大娇感情好，私心里，我也很感谢她把你保护得那么好。但是你不能把她一直没有喜欢的人和你比她早谈恋爱、早安定下来当作你的错。没有早恋是一件很遗憾的事儿吗？并不见得，你也不能把你那满脑子的小女生思想强行加在每个人头上，何况大娇本身就不是一般女生能比的。你得这么想，或许正是因为她一直没有喜欢的人，所以一门心思扑在学习上才缔造了当年的传奇，才去了那个有小陆的学校。更或许，正是那份认真劲儿和纯粹的懵懂吸引了小陆呢？还有，她早谈恋爱的好处在哪里？她能和那个存在在假设中的人长长久久吗？那个人有小陆这么优秀、这么死心塌地爱她对她好吗？秦欢，一切都是最好的安排，‘认命’这个词至少在感情的领域是个褒义词。”

完蛋，丫果然适合帮人洗脑……

他动了一下，偏着头，嘴唇在我耳垂上碰了一碰，呼吸落进我的脖子里。

“我很爱你，所以不想这份感情有任何的节外生枝。因此我愿意做一次独裁者，把所有你想的，都判定是错误的。何大娇可说过就算全世界男人都死光了，也不会喜欢我的，这么说来，我还不如小陆呢，你该安慰安慰我。”

3

大娇终于有空跟我视频。

距离她上一次剪头发快一年了，以前在身边没注意，隔了几千公里一看，呀，竟然也快要及腰了！

连同额头上的碎发往后绑了一小撮，素面朝天，气色却看得人一喜。

她抱着电脑到处晃，向我展示她的“蜗牛壳”。

先生自认赶不上的男人围着小熊围裙正在厨房做饭，听见动静，回过头问是谁，大娇答：“苏秦欢！”

小陆笑：“哟！小姨子！”

我从善如流：“大姐夫！”

小陆：“有喜了吗？”

我：“……”

嘴角抽搐。

大娇扭头凶了一声：“好好做你的饭！”

笑意却从嘴角直爬上了眼底。

我也忍不住跟着乐。

他俩同居这事儿，当初我是当作加急文件跟苏老师汇报的，结果苏老师眼皮都没眨一下：“同就同呗！”

我气得合不拢嘴：“什么叫同就同啊？”

苏老师义正词严的：“那怎么办？北京房子租金那么高，你让他俩一人租一个，那开销得多大？”

“这不是重点好吗！大娇可以住学校的啊！当初我说住叶琪琛那儿你怎么不让？那还是在你眼皮子底下呢，大娇这远在天边的……还说拿人家当亲女儿呢，区别也忒大了点！”

苏老师眨眼睛，心虚的表现：“血口喷人！我说了有用吗？你还不是住进去了！”

“谁血口喷人呢？我那是揣着证住进去的好吗？逼着自己女儿结

婚，你还有理了？！”

苏老师：“喏！喏喏喏！叶琪琛，你听见没有！承认了，亲口承认是被逼着嫁给你的了！”

“……”

总之，大娇同志对自己的“蜗牛壳”还是很满意的：“小是小了点，但是也有小的好处啊！我再也没乱丢过衣服你信吗？因为丢了衣服，就连坐的地方都没有了，哈哈哈！说真的，等我妈来看我，眼珠子都得掉出来！”

我连连点头表示认可，的确比她原来的房间整洁了三倍以上啊！

小陆抻着脖子怒刷存在感：“我说了 N 遍去住我叔叔那套，她怎么也不同意！你快帮我劝劝她！”

具体情况我也不清楚，就大概知道小陆有个叔叔在北京做生意，收入应该还谈得上可观，所以说有空的房子给他们住。

大娇闻言露出了点无奈的表情，但没出声。

我暗暗想待会儿得给小陆提个醒，切勿操之过急，见家长这事儿必须得往后拖。

这跟一个小孩儿突然就能走路了，但是你也不能因为惊喜而要求他马上跑是一个道理。

从千舟的粉头发演变过程到跟先生针对假怀孕事件的斗智斗勇聊了几分钟，小陆让大娇过去尝菜，大娇没推辞，让我等一会儿，就起身去了厨房。

两人都穿着居家的白 T 恤，肩并肩站在团团上升的白气中，讨论着：“土豆这是熟了吧，还是再炖一会儿，盐呢，用不用再加一点……”

两人的观点还是达不到一致，但是大娇嘴里含着一半土豆块，很难清晰地表达自己的意见，小陆见机行事，眯着眼睛就要亲，被大娇扬手一推。

幸福的样子啊……

“嗒嗒。”

先生突然出现在我身后，食指在我书桌上敲了敲，压低后的声音听起来颇有威胁性：“苏秦欢，你还去不去洗碗了？不去我们就先捋捋上次爸说的什么叫被、逼、着、嫁给我的，嗯？”

“……娇！你好好吃饭！好好照顾自己！下次有空了一定要找我！我在办公室跟你聊！不回这土地主家受气！”

大娇完全没有听见先生的声音，甚至我的话都可能听成了糨糊，甩手比了个 OK，就让我“退朝”了。

我闷闷不乐地洗完碗，其间数次想直接扔一个碗到沙发上坐着的土地主头上，好让他知道他这朵花儿为什么这样红！

第十七章

最美是梦醒时分

1

感冒了，喷嚏跟买一送一似的，唾沫横飞，涕泗横流，那叫一个凄凄惨惨戚戚！一手疯狂抽纸巾，一手还得不停驱赶扒着我裤腿睡觉的漆黑大爷！

漆黑啊，你有点眼力见儿啊！离我远点啊！

先生一声不吭，“啪叽”丢了几板药在我面前的茶几上，然后“哐啷”砸了半杯热水在旁边，最后又从橱柜里拿了蜂蜜罐，柜门依旧甩得哐当响，打开罐子舀了一勺放进杯子里搅啊搅，好歹守住了最后的风度没让水花四溅……

搅好了深吸口气，抬起头估计要训话，见我一脸委屈地看着他，顿了顿，叹口气，弯腰去抠胶囊：“这副德行，也不知道哪儿来的自信去勾搭人。”

“……”我不就刚认识一个志趣相投的姑娘，戏称人家一句男朋友吗！

他把胶囊递给我，另一只手拿起杯子：“吃药。”

我摇头：“扁桃体发炎了，吞不下去。”

他皱眉：“发炎了？”

放下杯子，又拖出药箱，翻翻翻，翻出消炎药，拆开了胶囊，把药末倒进勺子里，摇了摇再递给我，语气温柔了一些："有点苦，忍忍。"

我傻笑着凑上去喝了，然后主动拿起杯子捧在手心继续边喝水边傻笑。他终于被我气笑了，抬起左手覆在我额头上，确定不烧后，顺势往后在我头顶用力揉了揉："不是扁桃体发炎吗，怎么像被烧傻了似的。"

2

一觉睡醒，发现自己跟小外甥似的横着头枕在先生的肚子上。

他问："醒了？"

我点头："嗯。唉，虽然睡了很久，但还是感觉好累，最讨厌做梦了！"

"什么梦？"

"梦见我爸给我炖了猪肚！"

先生："……"

我："……"

先生："我怎么突然不那么想待见你了呢？"

我忍着笑想起床，被他按了回去："刚醒就下床，谁教你的？"

我有轻微的低血糖。

然后把我捞到他肩膀上靠了几分钟，他自己先下了床，去衣柜里拿了件我的厚外套，拉我起来套上，帽子一拉，盖住了我半张脸，把他自己逗笑了："走吧，你儿子一小时前就开始嚎了。"

3

冬天风大，我就懒得遛狗，但是大白那个神经病，偏偏又每时每刻都想出去撒欢儿。

我被闹得受不了了，只能全副武装牵它出去，在家说好的只出去半小时，结果四十分钟过去了，怎么拖都拖不回去，我都决定抱它了，它还一个劲儿扑腾，于是我也生气了，往花圃边缘一坐，我就盯着它。

先生下班回家不见人，找出来的时候，我俩已经冷战了有半小时了，他站在我面前："怎么了，怎么坐在这儿，风那么大，不冷啊？"

我说："你以为我想啊，说好了只出来半小时，丫不守信用，抱它回去都不回去，我鼻子都快冻僵了……"

我越说越委屈，委屈着委屈着就哭了出来，先生抬起手把我脑袋按在他肚子上，安慰道："好了，好了，别哭了。"

然后我哭得更凶了！

阿姨买菜回来，问："哟，这是怎么了？"

先生笑，说："狗不听话，气哭了。"

我等了几秒，推开他，抹了把脸："你跟人家说我哭干吗啊？丢不丢人啊？"

他还一脸无辜："那你哭成这样就不丢人了？"

"嫌我丢人你离我远点啊！"

"你还讲不讲理了？"

"不讲！反正道理都我家的！要你管！"

我站起来，想直接回家，他们父子俩爱怎样就怎样！

没走两步被他拽回来，用胳膊搂住了："道理是你家的，你是我家的嘛，我怎么能不管你？走吧，回家了。"

说完把我冻麻的手塞进自己的大衣口袋里，顺便扯了扯我手里的牵引绳，肥崽子这才耷拉着脑袋开始移动了。

回到家，先生就开始叫漆黑："儿子，过来安慰安慰你娘。"

黑大爷团在自己的窝里，俨然一副已进入冬眠的模样，半眯着眼睛慢悠悠地打了个哈欠，翻起身朝我走来。

我看了眼肥狗，这个没良心的正若无其事地要往自己的棚子走，被它爹拽了回来。先生眯着眼睛盯着它，然后冲餐桌抬了抬下巴，肥崽子这才露出了忧伤的表情，然后挪到了餐椅旁边，坐着不动了。

家法，面壁思过。

漆黑用脑袋蹭了蹭我的拖鞋，我把它抱起来，走到沙发边坐下，先生站在旁边，扯了扯它的耳朵："乖，亲一下你娘。"

黑大爷瞪着眼，抿着嘴，硬着脖子使劲往后退！

"……都嫌弃我，是吗？"

先生把手放在我后脑勺上，弯腰在我额头上亲了一口，见我看向他，笑眯眯道："我不嫌弃。"

我更委屈了："你们家眼泪往额头流的啊？"

他笑出了声，嘴唇在我唇上用力压了一下，退开后，又在我右脸上亲了一口，然后转身向厨房走去："我先把鱼处理了，调整好了过来帮忙。"

4

我的感冒还没好，傍晚又跟肥狗抽风了那么久，好像更严重了。

晚上睡了不知道多久，被鼻塞给弄醒了，我抵着先生的肩膀努力吸溜了两下鼻子。

他伸出手放在我的额头上，放了几秒，收回去，翻个身靠近我，让我脑袋贴着他胸口，下巴压着我的头顶，给我把被子拉高，哄小孩儿似的在我背上拍了拍。

你说爱情什么时候最美？

对我来说，不是甜言蜜语，也非海誓山盟。

大概就是梦醒时分吧。

5

致先生：

虽然你很爱生气，一生气就一早上不回我消息。

你还不喜欢做家务，昨晚让你洗两个碗你就生气。

但是看在你迷迷糊糊还不忘记关心我的分儿上，我就……不睡午觉了，先去帮你买一支钢笔，冒充刚被我拿去撬土的那支吧！

不然你回来发现了又要生气了……

嗯！说干就干，结果转了一个下午都没找到同款钢笔，只好忍痛给先生买了件衣服。

先生一进门，我就跟他邀功："我今天下午跟徐千舟出去逛街啦！"

他弯腰换鞋："嗯。再不出门要有人怀疑我把你藏冰箱里了。"

"……我给你买了件衣服！"

先生一顿："哦？"

"来来来！看看！"

我把他拖到卧室。

他挑起尺码牌看了一眼："给我买的？"

我用力点头："嗯！"

他似笑非笑地从衣柜里拿出另一件大衣，把两个尺码牌并在一起，他买的是 185，我买的 180。

"……我、我、我只是考虑你瘦了嘛！"

先生挑眉：“那我要单穿吗？”

啊，里面要是穿毛衣什么的，可能真的，不太适合……

他叹了口气，把衣服挂回去。

我瘫在沙发上发朋友圈：有一个给丈夫买衣服尺码都买错的老婆怎么办啊？

先生第一个评论：除了将就着，还能怎么办？总不能离了。

我抬头看他，他刚换好衣服出来，弯腰把手机放在茶几上，开始收拾沙发上被我丢得乱七八糟的书。

我跑过去挨着他，问：“那，要是这个老婆，还把你的钢笔用来给花盆松土了呢？”

他停住了，扭过头看我，眉毛慢慢皱了起来……

我连忙解释：“我不是故意的！我不是赌气！是你自己放在吊篮上的！也是你安排我拔草的！我当时边给你发消息，边……顺手拿的，我没注意。”

他转身就走，走到冰箱前，开了冰箱门……

我继续跑过去抱住他：“我胖了塞不进去的！”

他瞪我：“拆开塞！”

我摇头：“不要嘛！”

“撒手！”

“不！”

先生用力弯下腰，拿了罐雪碧，“啪”的一下打开：“我冷静冷静！”

6

先生的朋友请我们吃饭，我跟他朋友的妻子聊天：“哇，你这个手链好好看！”

朋友的妻子笑：“去年结婚纪念日他送的。”

朋友：“嗯？不是生日的时候送的吗？”

朋友的妻子坚持：“是结婚纪念日啦。”

先生一副忍不了的样子：“不是同一天吗？”

朋友和妻子：“……”

我：“我们结婚纪念日就没什么意义，不是我的生日……”

先生：“是我迫不及待。”

咦？怎么觉得，有点苏。

7

同事胃病发作，我陪着去医院。一共要挂四瓶药水，第三瓶快完的时候，公公从楼上下来，问了情况后，说：“要不先带你去吃饭？”

我说：“不用了，再等一会儿我跟同事一起。”

公公点头，走了两步后，又转身：“跟我来一下。”

“啊？”

他抬起右手，四指并拢面向自己连着弯了几下……上次看见这动作估计还在我六岁之前。

我跟他到办公室，他弯腰从抽屉里拿出一盒酸奶和一包奥利奥……

“爸，你……”

“嗯？害羞什么啊？小时候不都自己爬桌上来抢的吗？”

小时候婆婆把我走哪儿带哪儿，逛完超市买了饼干牛奶给公公送到办公室，公公还没来得及收好，我就爬上桌全部抱进了怀里……

公公：“先吃点垫着吧。叶琪琛不是说你最近胃口挺好吗？”

我抚额："唉，我那是没事干，东吃点，西吃点……"

他没理我了，抿着笑靠在椅子上看手机。

我吃到一半，收到先生的微信，是一张聊天截图，公公发给他的——

"我把饼干酸奶给你老婆了，我老婆约你吃饭的时候，你能态度好点了吧？"

"……"

我悄悄抬头一看，真人正面无表情看病历呢，啧。

先生："你是带可爱多去给他吃了吗？"

我："胡说！被我吃完了！"

先生："噢，那一定都是过期的。"

我："你什么意思？"

先生："字面意思。不过期能吃成这副张牙舞爪的样子？哪儿可爱了？"

你管我！我留着生可爱的儿子行不行！

8

跟先生遛狗路过一个公园，看到一个老爷爷安了个小马扎、架了个小火盆在烤红薯。

我抓住先生："妈念这个好久了！"

先生皱眉："爸说不让她吃这些东西！"

"哎呀，可是她真的很想吃啊，我们帮她瞒着爸不就好了，反正……"

"反正她也帮你瞒我很多次了是吧？"

"……反正就一次。哎，你能不能给我一个讨好我婆婆争取婆媳关系和睦的机会啊！"

“你俩还要多和睦？你不是答应跟她一起背炸药包去炸他们单位了吗？”

婆婆对他们单位积怨已久……

先生：“这个时间，你给她送过去，还是让她过来拿？”

我：“当然是我们给她送过去了？”

“我们？”

“Hey man，你可是她儿子！”

“她儿子可没随时想起她想吃啥，不敢居功。”

“啧！”我没耐心了，直接上手抢钱包，“我去就我去！我到时参你一大本你别后悔！”

他把我挡开，主动拿出钱包：“我哪天要是心脏出了毛病，你记得去自首！肯定是被你气的……从这儿走过去得多久你知道吗？”

我不知道，说：“我们可以打车啊！我请你！”

先生非常不屑地冷哼一声，走过去蹲在了火盆前边：“您好，给我拿个熟的。”

为了防止肥狗捣乱，我站在旁边没敢靠近。

爷爷用纸袋装好了递给先生，接过先生给的一百块钱，开始找零。

找了很久，先生一手拿着纸袋，一手突然拿起爷爷放在一边的火钳，好奇地翻了翻剩下的几个红薯，爷爷被他吓得一顿。

先生眨巴眼：“快，煳了好像。”

从先生蹲下去，爷爷就莫名羞涩，这会儿更加莫名羞涩，笑着连忙加快了找钱的速度：“哎呀，这这，少了五块，没有了呀……”

爷爷很紧张，又低着头在兜里掏了掏，先生赶紧安慰道：“没事儿，您再给我拿一个吧。”

我一直都知道啊，我爱的人，他有这世界上最多最多的尊重、宽容和温柔。

“我的，我的。”

我抢过其中一个纸袋，香得我想张口就咬。

先生抓住我的手腕往前拉，眼皮子底下的红薯一下子就远了：“烫。”

先生：“纸巾给我。”

我从口袋里掏出纸巾给他，趁他松手，小心翼翼地咬了口红薯，边嚼边笑：“哟，这会儿想起来了，还蹲下去呢，膝盖上全是灰信不信？”

他抬起右手，食指屈起在我嘴角刮过，收回去继续用纸巾擦拭：“人家坐着卖东西，你站着买，指指点点的很不礼貌，知道吗？”

“我知道啊！所以我一直都是蹲着的啊！但是我又没有洁癖……”

“小苏记者。”

“啊？辞职了！别乱叫！扎心！”

他突然笑了，在路灯映衬下特别好看：“叶太太。”

“你……”

你别说不过，就利用美色！

“爱干净，不等于洁癖。”

某人第 N+1 次狡辩。

我：“对了！今天爸值班吗？”

先生：“不值。看看你们要怎么给我表演这一场瞒天过海。”

“没事儿！到小区门口，就让妈假装下楼丢垃圾！吃完再上去！哦，还得带上毛毛，要是身上有味儿还能赖毛毛！”

先生眯着眼看我。

“怎么？这样还不行？那你有什么高见？”

“身经百战啊。”

“……”

9

朋友跟她男朋友，啊，不，现在是前男友了，经过了差不多一个月的争吵、冷战、谈判、和解，再争吵，最后还是悄无声息地走向了分手。

其实两人从开始到结束都挺俗气的。

开始在军训，两人隔壁连嘛，男孩子站军姿不认真，被教官呵斥：“看哪个美女呢，指给我看看！”

男孩子一笑，抬手就指过来：“她！”

一段佳话。之后四个春夏秋冬，不知虐死了多少条狗。

结束在毕业，男孩子几番考虑后，还是选择回自己家乡走父母安排好的道路。

俗不可耐。

于是陪失恋狗一混就混到了凌晨三点才回到家。

每次我一喝酒，先生就要把我扔进客房，担心我弄脏卧室，但是奇怪的是，我明明清醒的时候跟他说过好几次了，让他可以自己回卧室睡，但他还是次次皱着眉陪我睡在客房。

所以，意义何在？

早上不到八点，他就起床洗澡，然后进厨房熬粥，再然后回卧室换衣服准备上班。

我本来就没醉，就是困，客房的床又睡不习惯，爬起来闭着眼睛洗漱时，他正在打领带，我走过去，整个人靠在他背上：“洗好澡了，可以在卧室补觉了吧？”

他“嗯”了一声：“趴半小时，我给你定个闹钟，然后起来喝粥，喝完粥继续睡也行。十一点给你打电话，接了就自己订外卖，不接就我帮你订，另一个闹钟是十二点，应该差不多往后十分钟能到。”

我听得半清不清，晃着脑袋往床上倒。

先生走到房间门口又折回来，我半睁着眼睛见他一脸严肃地走到我面前弯下腰，我以为是要给我盖被子，连忙自己伸手拉被子，结果听见他说了句：“我亲你一下。”

亲了我一口后，转身走之前还笑了一下：“我就受不了你这一脸呆兮兮的样子。”

10

“你猜我今天见到了谁？”

“谁？”

“××× 啊！就是我刚上高中时播音站的站长！黄书辰你记得吧？就是跟爸爸同一个科室的黄叔叔的儿子！ ××× 以前一直是黄书辰的偶像！也是你学弟啊！他当时已经高三了，其实我也就等黄书辰的时候见过几次，他人超好的，每次见面都感觉心情很好的样子！不过他也是高考完就出国了，去哪儿了我都不知道！刚在校门口碰见，我都差点认不出来了，没想到他还记得我！他还说，时间过得太快了，认识我的时候我就这么点，现在竟然都结婚了！”

我学着学长在腰上面一点比了比。

先生伸出两只手的食指水平拉开，一尺多点的距离：“哦。是挺快的，我刚认识你的时候，你还这么点呢，现在竟然都结婚了！”

“……”

我无语了半天，试探地开口：“你不觉得这个说法瘆人得紧吗？”

他逃避地扭开了脸。

我绕过去，把脸往他眼前凑：“不信你试试，想着你那个‘这么点’，看你能不能亲得下嘴！”

结果丫果然是个不要脸的，捏着我脖子那都不能叫亲，简直叫啃！

11

出门前让先生给我拿袜子，他蹲在衣柜前，问：“哪双？叮当猫？Hello Kitty？史迪仔？流氓兔？大白？”

我：“旁边那盒！今天要干大事儿！我要穿蜘蛛侠！”

先生：“蜘蛛侠……这个吗？”

“……爸爸，这个叫猪猪侠！”

考试一切顺利，交完卷，我就迫不及待地跑下楼，冲进先生的车里炫耀：“考的都会！求表扬奖励，么么哒！”

他笑着凑上前亲了我一口。

先生说：“刚看着你蹦蹦跳跳地跑下来，感觉跟高考似的。”

我犹豫了一下：“嗯，我高考的时候，你还说你要回来，等我考完英语就去接我呢，结果呢？”

结果他因为项目耽搁，没回来。

他抬起手放在我头顶：“让你难过了吗？”

我使劲点头：“难过死了。”

他皱了皱眉：“对不起。”

我故意冲他眨眼睛：“我爱你。”

他收回手：“不要在一个男人满心愧疚的时候跟他说我爱你。”

“为什么？”

“小心自食恶果！”

“流氓！”

……

“嘿，先生，我是不是事儿挺多啊，一下一个想法。每次跟千舟说，她都骂我事儿精！”

“她没有男朋友。”

“啊？”我有点反应不过来，“啊，就是，你看她就挺好的，有车有房有猫，工资还那么高。”

“她没有男朋友。”

“啊，确实是。得催催她了。对了，她那个职称评下来了，以后工作更轻松了。唉，人家怎么就干什么什么顺呢？她今天还讽刺我是三十块的奶茶都喝不起的穷人！”

“她没有男朋友。”

“啊，她……啥？”

先生笑：“苏秦欢，我没有什么梦想了，所以我纵容你的所有梦想。你只管去做，走不下去或者不知道往哪儿走了，就回头，我告诉你，或者我去接你。”

12

受小说的启发，缠着先生给我写千字情书，缠了差不多一晚上，他终于答应了。

结果第二天早上，我靠在沙发上玩手机，他从书房出来，丢了一张我们单位的专用信纸在我面前：“情书。”

丢完转身就走。

我定睛一看："……"

全——英——文——

先生第二次从书房出来，砸了一本牛津英汉词典在信纸旁边："爱你。"

第十八章

无须道来日方长

Love Means You

1

熬夜的后果就是第二天机械闹钟响了三次，人工闹钟叫了两次，但还是爬不起来，先生无奈地交代，让我最后赖二十分钟，他先走了，车留给我。

于是下班后，我就得负责去接他回家。

我到他们工作室的时候，前台的姑娘告诉我他有朋友在，正在会客厅聊天。

我过去的时候，正好听见朋友问："秦欢的工作定了？合同签了？"

听声音就知道了，的确是先生以前的同事兼好友，上半年调去邻市了。

"嗯，签了。她喜欢，同事之间关系也不错。"先生答。

"唉，现在是不错，但你考虑过以后吗，以后有孩子了怎么办，两个都这么忙，照顾得过来吗？"朋友表示担心。

先生笑了："以后的事儿以后再说嘛。"

"以后就来不及啦！你也不管管！我见她挺听你话的呀，不让吃什么都听了，跟个小孩儿一样。"

我听得忍不住挑眉，感觉到先生收了笑："我可以把她当小孩儿惯着，但我不能把她当小孩儿管着。她是成年人，有信仰、有梦想、有想做的事儿都是她的自由，要是我都不支持她，她会伤心的。”

我靠在墙上，怎么都忍不住笑。

想起有一次出差，先生送我去机场，红灯的时候，我跟他说：“我要许一个愿望，五年之内驻外！”

先生说：“那我也许个愿望，五年之内买个带院子的房子。”

我问：“然后呢？”

先生说：“然后就在院子里种花，花开了你就回来了吧？”

世俗繁重，可以谈柴米油盐也可以讲梦想诗情的爱情那么少，但我都给遇上了，多幸运。

2

先生从门外牛奶箱拿牛奶进屋递给我。

我拒绝：“我不喝！”

“你不喝你订它干吗？”

“订给你的呀！我特别担心你脑子不够用！乖，喝吧！”

先生看了我一眼，见我非常坚定地点头，无声地叹了口气，斯斯文文地喝了一口，放在茶几上，顺便抽了张纸巾擦了擦嘴，转身去厨房帮我蒸馒头，嘀咕了一句：“我怎么觉得我像你马上要高考的儿子……”

我就在沙发上滚来滚去地笑，不小心压了漆黑大爷的尾巴，黑大爷一声尖叫，跳起来跑到大白窝里靠着大白继续睡了，大白大概以为是我，还抬起爪子在黑大爷身上拍了拍。

我看着，觉得甚萌，刚想跑过去拍个照，先生又在厨房喊了声：“秦欢，把袜子穿上，不穿就把毯子盖好。”

哎呀，周末真好。

3

我有段时间看小说里很流行出其不意地耍流氓，比如说男主躲在房间里，关上门，然后就站在门边，等女主来开门，门一开，就把人往里用力一拽摁在墙上！

我就如法炮制了一下，结果，嗯，虽然力度是差不多了，就是身高没算准……

先生淡定地把拿着冰激凌的手举高，继续低头淡定地看着我。

我趴在他胸口，抬起头和他对视几秒，放弃了：“算了，下次我改善改善再说！”

我坐回电脑前，身后先生叹了口气：“做什么事儿都半途而废，撩人也只撩一半……”

我忍不住笑。

他走过来把冰激凌放在我面前，另一只手还拿着与冰激凌配套的木调羹，成功吸引我的注意后，拇指向前一送，木板从中折断！

“我现在的心情……”

他说。

4

先生坚持一周带我去骑两次自行车，路过人工湖的时候，边上的花正在抓紧最后一次盛开，我忙着拍给远去京城的大娇看，先生站在湖边等我。

估计是等得不耐烦了，就开始叫我：“秦欢，过来。”

“等一下！”

“过来看，有人耍流氓呢。”

“哪儿呢，哪儿呢？”

我屁颠颠地跑过去，四周一看，连个人的影子都没有好吗！

“哪儿呀……”

我正要怀疑我隐形眼镜是不是掉了，他扭头就在我嘴上亲了一口，眉眼弯弯的：“这儿呢。”

5

“五一”假的第一天我陪烟花去放风筝，他给我拍了几张相片，先生说拍得不好，一张都不好……

傍晚去骑车的时候，他说他给我拍一张，我说好啊好啊。

他拍好后，我屁颠颠跑过去看，见他皱着眉头，我心里“咯噔”一下：“发挥失常啦？没关系！”

他看了我一眼：“姑娘。”

“啊？”

他把手机朝向我，笑了：“你怎么这么好看呢？”

“……”

套路能不能少一点哦？

6

先生晚上去谈合作，回来的时候，我很着急地从沙发上一跃而起去扶他，担心他喝多了摔着。

结果他看着我，笑得特别清醒。

我不明白：“哪有应酬是不喝酒的啊？”

“师兄们帮我挡了。”他说。

“为什么呀？”我不解。

大概是不想一直站着，他反手搂着我往沙发走。

“师兄说，咱俩老夫少妻本来就不容易了，要是我早早整个肚子出来，你嫌弃我了，我成了下堂夫，他们还得担心我的下一春……”

噗哈哈哈哈哈哈哈哈哈哈哈哈！

我趴在茶几上差点把眼泪笑出来。

四岁的差距怎么就老夫少妻了啊？

他突然伸手捏我脸：“别笑了。”

我把脸凑过去：“你亲我一下，我就不笑了。”

他笑着扭过头去：“那你继续笑吧。”

嘿！这我就不高兴了啊。

“哟，先生，您这是什么意思啊？我这就人老珠黄、色衰爱弛了？亲我一下都是为难你了？你……”

我说到一半，他挑了挑眉，我以为他不服，刚要加重语气，他突然上前偏头吻了我，笑得有点不怀好意：“美女，谈条件是要有足够诚意的。”

……呸！要流氓还找这么冠冕堂皇的借口！

7

我终于下定决心要亲力亲为做一次饭，先生却说什么也不放心，抱着手臂靠在门上看我。

我正往鱼汤里切豆腐时，他终于忍不住开口：“这个，我来吧。”

我拒绝：“不！”

“那，你放在砧板上切吧。”

我继续拒绝：“不！那样一点都不酷！”

他好像在叹气。

“哎，我跟你说……”

他打断我：“专心点。”

“可是你老站在那儿我就想跟你说话嘛！”

“待会儿再说。”

“不是，就一句，你……”

这回他的确在叹气，然后上前从背后抱住我，左手摊开托住我托豆腐的手，右手握住我握刀柄的手。

“喂！”

我刚要挣开，他直接就贴紧了：“别乱动。”

锅里的汤在“咕嘟咕嘟”响，他握着我的手把豆腐划成不薄不厚的块状。

天地很大，在这窄窄几平方米的地方，满满的烟火气中，靠着他的胸膛，一扭头就可以看见他颤动的睫毛，我把这个定义成美好。

“你看那个鱼，它是不是在吐泡泡？”

“我把你扔锅里煮半小时后你给我吐一个？”

“你舍得吗？”

“舍不得。”

8

我实习的时候，跟在 Boss 屁股后面学会了好几句粗口话，其实都是些无伤大雅的口头禅，但是先生特别不高兴，一定要让我改。

虽然一般我也不会让他有机会揪小辫子，但是那段时间在看小说，然后我俩打完球回到家，漆黑放了个空的黄桃罐头在门边，我一推门，罐子就往后滚，发出很刺耳的声响，吓了我一跳，脱口而出一句“what the fuck”。

先生当即看了我一眼。

我一僵，顿觉大事不好，赶紧转移话题想绕过去：“漆黑！儿子！娘回来了！”

他果然伸手拦住了我：“检讨。”

嘿，我这暴脾气：“我说英文都不行吗？粗暴和含蓄的区别你不知道吗？”

他不为所动：“我这是透过现象看本质。”

我妥协：“行！一百字！”

“三百！”

“一百五！”

“两百！”

“……”

没戏了，按照经验，他只会让一步。

“哎，咱之前不是商量了一个减刑的方法嘛……”他一本正经地提醒我。

我勉为其难地在他两边脸上各亲一口：“好哒，一边五十，就一百个字！”

我跑回书房写检讨，他在后面笑了声：“幼稚。”

切，谁幼稚啊！

我们家书房书架旁边那半堵墙是用来贴检讨书的。

先生用红色的便笺，我用绿色的。

每次写好了就贴上去，每逢假期就去数，谁的数量多，谁就负责那几天的各种家务。

我拿着刚写好的便笺吹了吹，刚要往上贴，背后伸出那谁的手一把夺过去给我贴得老高。

“喂！长得高了不起啊！”

他笑了下：“你也可以呀！”

“哼，狼心狗肺，想当年我可帮你喝了那么多牛奶……”

“嗯，喝了那么多还是没长多少。”

啧！

“贴高一点，你那作案动机太明显了，肯定趁我不注意就撕了！”

我不屑：“切，我要真想撕，你贴再高我也可以踩椅子撕掉的好不好，你是不是傻……干吗这么看我？”

他眯着眼睛：“惯犯。”

“……”

“难怪我每次都觉得少了，不行，得给你留个证据才行……”他掏出了手机，“过去，贴墙站好，给你拍下来！”

我简直被气笑了：“不是，先生，你说咱俩这样有意思吗？”

他也笑：“还好吧。”

我蹲在地上笑：“你的形象已经差不多毁完了你知道吗？”

他也蹲下来，手机在手里转了一圈，眼睛对上我的：“我就是觉得，跟你在一起，干什么都挺有意思的。”

巧了，我也这么觉得。

9

回苏老师那儿吃饭，在小区门口看到了一条幼年阿拉斯加和一条幼年二哈，超级可爱！

我抓着先生："爸爸！我想要那个！"

先生浑身一僵："……乖，那是别人家的，我们不能要！"

"可是我想要！"

"好孩子，不能要！"

"那你给我买！"

"嗯，明天就给你买！"

"我不，我现在就要！"

"听话，我给你买蛋糕吃。嗯？"

身后传来一声咳！

我俩一起回头——

烟花提着一个超市的塑料袋，一脸见鬼的表情盯着先生，欲言又止："哥……"

先生："我脑子没病。"

烟花挑眉："你确定？"

先生："嗯。这叫生活情趣，单身狗是不会明白的。"

10

先生和苏老师在厨房做饭，我扒在门上偷看。

苏老师先是问："最近工作怎么样？"

先生答："还好，就是出差有点多。"

苏老师："嗯，不是老加班就好，出差嘛，年轻人就应该到处跑跑。就是……得把秦欢安顿好。"

"……"

我又不是三岁小孩儿，有房子住，有车开，有工作忙，会做饭，要谁安顿？

先生："嗯，我给她把注意事项贴冰箱上。"

"啧，那没用，她不会看的！"

"……"

还是亲爹了解我。

苏老师："下次你就劝她回来住吧，我接送她。"

先生："好。"

好？你俩不要问一下当事人的意见吗？

苏老师接着问："怎么样？对新生活有什么感触？"

先生低头害羞笑："非常不错。"

苏老师也笑了："我看她那么喜欢小浚（我的小外甥），孩子的事儿怎么考虑的？"

先生："我想，至少等她二十八岁吧。"

苏老师："嗯，早一点也没关系，现在我们都挺闲的。等少辰上大学，就可以考虑了。"

先生："……"

坚决反对，但是，不敢顶撞。

苏老师给我炒花椰菜，油烧过了，倒下去声音巨大，把他自己都吓着了，连忙往后仰，又担心糊，不停地抻长脖子，试图从白烟中看见花椰菜，并举手表示它没事儿……

先生赶紧放下自己手里的香菇要去接："我来……"

"得了得了，一边去，你这招留着对付你老婆，这是我家，我老婆在呢，想抢我风头？哼！"

先生：“……”然后乖巧地点头让到一边。

目前我生命中最重要的两个男人，一个身材走样圆滚滚像只熊猫，一个长身玉立稍显单薄。

一个是我小时候的“交通工具”，抱过我，背过我，趴地上让我骑过。

一个是我现在的抱枕、靠枕和暖炉，不管我经历多少不好的事情，一转身，总会有一个并不宽敞，却足够倚靠的胸膛。

如此幸福。

第十九章

与你岁岁长相见

Love Means You

1

“嘿，先生，我从来没有给你写过情书哎。”

“嗯？我也没有啊。”

“没有吗？以前，你每次送我去学校，转身离开时的侧脸，我就当是情书了呀。”

我上初中之后，不出意外，先生每天早上都会送我去学校，一直送我到教学楼下，那里有一整排木棉树，他站在最大的那棵木棉树下，身高已经长定，穿着合身的蓝白校服，不戴眼镜，每次都会低着头跟我说“上去吧”，然后再转身回高中部。

我小心翼翼地用余光目送他，那是我见过最好看的一张少年的脸，是我整个青春期最大的秘密。

先生笑了起来，月牙眼，小酒窝，跟十年前并没有多大区别：“以前啊，我都不敢回头，要是不小心对上你藏在栏杆后面的眼睛，我那一天就完了。”

2

有段时间身体抱恙，我有一周没去上班。

不上班的第一天，先生陪我去医院看眼睛。

虽然不是肿瘤引起的，问题并不大，但是一次又一次的，我真的开始有点怕了。

排队等叫号的时候我问先生，要是等我四十岁，或早一点，或晚一点，真的看不见了怎么办。

他扭过头看我，没表情，没说话。

“我就随便问问，假设嘛。”

我低头不敢跟他对视，几秒后，干脆站起身：“我去排队了，也差不多……”

他从后面拉住我的手：“不着急。”

我感觉他使了点力，就听话地坐回去了。

他没松手，大拇指在我的无名指上蹭了蹭：“我想过。”

“嗯？”

“如果真的那样，我就把我的一只眼角膜给你，然后我们一起办病退，之后我就带你到处去走走，去美国，去德国，你想去哪儿，我们就去哪儿，你来当我的左眼或者右眼。”

3

不上班的第二天，陪婆婆去上香。

因为先生和他爸爸都是无神论的终极拥护者，婆婆很少在家里提这件事儿，上一次听到还是大二那年的暑假，我在社会实践中不幸脸受伤的时候。

当时一听说我脸伤了，爷爷立马给我打电话让我别乱买外面的祛疤膏，他自己给我调一种。

奶奶迫不及待地抢过电话说：“哎呀呀，这个得买件新衣服穿穿才行！”

公公也第一次跟我强调“身体第一，万万不可勉强”。

婆婆则当场宣布她要去烧香去去晦气，那段时间确实挺多倒霉事儿的。

我正对“四面八方”的关心应接不暇，先生的表妹赵小蜗倒是会抓重点：“这家人什么时候这么活泼了？”

我也不解地望向先生，他笑着在我头上拍了拍：“之子于归，宜其室家。”

上完香，婆婆要给我求个玉佛，那师父却说还得求个玉观音，让先生戴着，才能压住我的……霉气。

是不是骗人姑且不论，就先生那别别扭扭的性格，愿意戴才见鬼了！

结果婆婆硬是无视我的眼神暗示，乐呵呵地收下，去付钱了。

出了门我才敢开口：“妈！他不会戴的！”

婆婆笑眯眯的：“谁说的，回去我跟他说这其中的好处，你戴了，他肯定就愿意戴。”

“哎哟……”

我还在担心，被婆婆强行扭转话题：“哎，你以前上陶艺班，不是做了个风铃送给我作为生日礼物嘛，记得吗？丑丑的那个！”

“……”

我初一上的陶艺班，做了几个东西，给了谁早就记不得了，还丑丑的那个……

婆婆自顾自往下讲：“叶琪琛的房间不是离风口近嘛，我就挂他门上了，他刚开始不高兴的哟，嫌吵，让我一定要拿走，我跟他说是你做的，他才闭嘴，第二天就拆去挂他窗口啦！”

“……”

好吧，虽然有点惊讶，但还真是他的风格。

婆婆轻轻叹了口气，在我挽在她臂弯的右手手背上拍了拍：“欢儿啊，叶琪琛这个人，说白了，的确不太好相处，小毛病一大堆，话也少，但是他是我生的，我了解他，心是好的，所以我不跟他置气。他呀，读书是聪明，但感情上却是个傻愣子，看在他是真爱你的分儿上，以后的生活里出现各种矛盾啊什么的，你多担待。你不知道吧，他啊，在不知道什么是喜欢的时候，就喜欢上你了。”

听到最后一句，我猛地咽下了到嘴边的安慰和承诺，张口结舌，表情一定相当精彩，又把婆婆逗笑了——

“以前我们楼下那片夜来香还没被砍的时候，他特别闻不了那个味儿，说什么也不愿意在书房写作业，自己房间也要关窗拉窗帘，后来有一天傍晚，我下班回来，看到他站在阳台那儿，盯着楼下，笑得跟个傻子似的，我走近一看，你猜我看见了什么？”

我摇头。

“你和毛毛在那片夜来香里玩捉迷藏呢！”

先生回到家的时候，我在阳台浇花，婆婆给他开的门。

我扒在玻璃门上往外看，果然，他还站在鞋柜旁时，婆婆就把玉观音递给了他，说了什么没听清，只见他低着头，两条眉毛差不多拧在了一起。

接着婆婆就提高了声音：“怎么了？男戴观音女戴佛，人师父说了，只有你戴着，才能给欢欢招来福气，喏，欢欢都戴上了！”

婆婆指了指我，我连忙把玉佛从领子里掏出来摇了摇，摇完才反应过来有点傻，但是来不及了，眨眼的工夫，先生已经舒展了他的眉毛，接过玉观音，似笑非笑地朝我走过来。

他走到我的面前，把玉观音递给我，微不可闻地“嗯”了一声，上身微微前倾，示意我给他戴上。

他一直盯着我，我有点紧张，结头就怎么也打不上了，刚想叫他再低一点，他突然就往后伸直了腰，我两只手都搭在他脖子上，被他带着上前了一步。

我抬起头看他，他扬起手，“唰”一下把门帘拉上了一半，刚好能挡住我们两个人，另一只手揽住我的腰，低头亲下来。

我瞪他，他无视，下巴垫在我的肩上，呼吸落在我的耳边：“平安健康，长命百岁。”

我拍了拍他的背：“放心放心，都说好了小时候你给我推婴儿车，等你老了，我给你推轮椅嘛！”

他笑起来，肩膀一颤一颤的。

4

不上班的第三天，突发奇想逮着先生讲了一下午的鬼故事，全是深山老林、旧山村里流传出来的，反正他去农村的天数加起来也不到半年，听得还算认真。

最后我摸了把他冰凉的手：“你怕吗？”

他眉毛动了动。

“因为我在这里，所以不怕，对不对？”

先生点头。

“我现在要去洗澡了，你一个人在这里可以吗？”

先生："嗯。"

我起身："如果你害怕，你可以进来找我。在浴室门口等我。"

先生："嗯。"

我走了一半："我不会笑你的。"

先生："好的。"

大概两分钟后。

我刚脱了毛衣，护发素突然从架子上倒了下来，我看了一眼，没啥异常，应该是我丢衣服的时候带倒的，没过两秒，架子顶端又传来磨指甲的声音……我僵着脖子回头一看……

"啊啊啊！黑！大！爷！你什么时候躲在这儿的，也不出个声！差点吓死你老娘了！"

先生："需要我救驾吗？"

……还真在门口！

我二话不说揪着黑大爷的耳朵，开了门就丢进它爹的怀里。

洗完澡打开门，先生靠在飘窗上打电话，听见动静后回过头，不出声地笑得肩膀颤抖，酒窝都快变成无底洞了！

我刚想指他一下，示意他"你再笑，今晚就睡书房去吧"！

电话应该是老蒋打的，不出意外，肯定又在八卦叶先生你今天怎么那么开心！

因为先生还盯着我，毫不收敛道："我在家里一直很开心啊。"

5

不上班的第四天，跟先生一起窝在家里看书，我坐地毯上，他坐沙发上，互不干扰。

我看的小说里，先告白的人说了句“满目山河空念远”，十分含蓄了对吧，像我，第一反应就是——What？！

这是告白？这能是告白吗？这怎么就是告白了？

但是人家告白的对象就能笔一顿，心一紧，脸一红……

我看到被告白的人内心出现答案时，有些触动，便把两只手撑在沙发上，托着下巴，眨巴着眼念：“满目山河空念远。”

先生闻言看了我一眼，似笑非笑，然后弯下腰，手里的书倒扣在我手边，他伸手托了把我的下巴，眯着眼睛亲了我一下：“眼前人是心上人，用不上怜取。”

满目山河空念远，落花风雨更伤春。不如怜取眼前人。

6

不上班的第五天，午睡起来，走路去最近的书店看书，天暗下来后就往家赶，结果还是只走到小区门口，雨就下起来了。

水果店的老板还没回来，卷闸门关着，门口只有一片纸壳。

我就拖了那片纸壳在台阶上坐着，本来想问问先生快回来了没，一掏出手机，不知道什么时候已经没电自动关机了。我等啊等，天越来越黑，雨势却不见小，等到我都快睡着了，眼前终于出现了一双皮鞋。

我抬起头，穿着黑西装的先生撑着同样颜色的雨伞，笑着向我伸出手：“别的小朋友都回家了，你在这儿干吗呢？”

他的身后是瓢泼大雨，他就这样，给我圈出了一片天地。

我们撑着同一把伞，路过保安室的时候，保安叔叔探出头来，笑眯眯道：“还真找着了呀！”

我觉得莫名其妙：“啊？”

叔叔继续笑：“小叶说打你电话关机了，肯定是下雨被困在图书馆里了，得去接你。”

我害羞地低下头，叔叔叹了口气，语气突然变得正经起来：“现在像你们这么好的夫妻可太少了，可要珍惜啊。”

跟叔叔告别走了几步后，先生突然问：“你还记得……”

“嗯？”

他笑着把我搂得更紧了些：“你肯定不记得了。”

我越发好奇了：“什么啊？”

他不再跟我卖关子：“你初二的时候，有个星期爸妈带少辰去看他干妈，把钥匙放在我这里，让你等我一起回家。那天我被老师留下来讲题，耽搁了挺长时间，等我跑下楼的时候，你就蹲在一楼的第一级阶梯上，我问你为什么不给我打电话，你说手机关机了。”

“啊，还有这回事儿啊！那后来呢？”

“后来，你说你想吃城北那家的榴梿酥，我当时觉得特对不起你，就带你坐公交车去买，公交车上人很多，你被挤在车头那里，我就在你背后，两只手搭在栏杆上，把你圈在怀里。”

“那，你当时在想什么？”

“我想，再等等，等你长到我肩膀那么高了，我就跟你告白，要是你不答应，我就像那样困住你，然后亲你！”

我瞪他：“那你告白的时候问都没问就亲了！”

他笑了起来：“没忍住。”

7

先生是在我大一念完后的暑假跟我告白的，当时他回国有差不多两个月吧，一直忙工作的事儿，其实我没见过他几面。

我去参加高中同学聚会，被灌了点酒，正好苏老师单位聚餐，就没让他去接我。

最后打了个车到小区门口，快走到楼下的时候看到了先生，他穿着浅绿色的衬衣，米白色的长裤，手里牵着毛毛。

毛毛趴在地上，估计是困了。

我的凉鞋是有点跟的，毛毛听见声音后抬起头，看见是我，连忙站起来叫了一声，表示激动。

先生“嘘”了一声，示意它安静，它晃了晃脑袋，果然就听话地只摇着尾巴盯着我，傻傻不吭气了。

先生不动，我也不动。

我看了他好久，就像小时候那样，直勾勾的，不知羞的。

我的小竹马原来已经这么高了，眉眼之间稚气全无，却还是那么好看。他始终走在我前面的前面，已经能独当一面了呀。

保安叔叔巡逻经过的时候，奇怪地“咦”了一声：“秦欢啊，大晚上站这儿干吗呢？上去吧，别让爸爸妈妈担心。”

我尴尬地笑了笑，连忙应了声“好”。

叔叔上前几步，经过先生时连看了他几眼，但是出于礼貌，并没有直视。

先生笑：“您好，我叫叶琪琛，我住上面，四楼。”

说着还指了指楼上。

“哦哦，叶医生的儿子吧？哈哈，不好意思，很少见到你。”

“嗯，我刚回来。”

“那你跟秦欢就住对门啊，跟她一起上去吧。”

“好。”

我连忙加快步伐走进电梯，刚要关门，还是被他赶上了。

电梯毫无意外直接到了四楼，其间谁也没有说话。毛毛大概是快困得晕过去了。

“秦欢。”

我刚走到门口想要掏钥匙开门，他却突然拉了我一把，很轻。

“啊？”

酒的后劲上来，我感觉腿有些发软，一转身就靠在了墙上。

他顺势站到我身前，很近，很近的距离。

拉着我胳膊的手一路滑到我的手指尖，换了个方向，十指相扣。

“我是不是，回来晚了？”他问我。

我抬起头看他，这是他回来后我第一次那么近距离看他，还是很清晰地可以看出来少年时的轮廓。

我喜欢了这个人太久，久到不知道有多久。

我也等了这个人太久，久到我以为再也等不到了。

“谈恋爱了吗？”

他突然转移话题，我一脸迷茫地看着他。

“有，还是没有？”

他耐心引导。

“没有。”

因为就在家门口，一开始，他就故意放轻了声音，我也跟着小声得不能再小声。

可是听了我的回答，他突然就笑出了声，低着头，也没看我，明显地露出了两个酒窝。

我刚想要不要提醒他小声一点，他扣住我的手突然用力，我条件反射想低头看一眼，而脸却被另一只手捧住了。

“大学了，可以谈了。”

“你……”

我瞪大眼睛看着他紧闭的双眼，唇上一片温热。

毛毛非常不合时宜地叫了一声，同时我的心脏，“嘭”！

拐角的灯在我的眼里缩成一个点，有些毛茸茸的。

8

恢复上班的第一天，先生把我送到单位楼下，等我走出电梯时，收到他发来的微信消息——

“我欣赏你像超人一腔热血，欢喜你像孩童无忧无虑，但若是你真能分我点超能力，我要砍掉你一半勇气、一半稚气，然后融成福气，佑你平安健康。你说过，岁岁长相见。”

我愣了愣，跑到窗边往下看去，车还在。

手机又振动了一下，同时他倒车往另一个方向开走了。

第二条消息：“那也是我求的。”

一愿郎君千岁，二愿妾身常健，三愿如同梁上燕，岁岁长相见。

第二十章

你给的此心安处

1

我觉得我真的快把漆黑养成精了！

换了款牛奶洗面奶，味儿挺浓的，每次洗完脸一走出浴室，漆黑大爷就紧追不舍，一定要扒着我的脸闻个够，鼻子和嘴完全贴我脸上的那种闻，闻着闻着还闭上了眼，一副吸大烟的样子，可以折腾个三五分钟，陶醉得可以。

先生一脸嫌弃地坐到我旁边："真那么好闻？"

我试图靠近他："嗯啊，你试试……"

他往后退开，嫌弃得更加明显："漆黑亲过的地方，你让我亲？"

天地良心，我只是让你闻一下，你为什么要想到亲？

我同情地看了眼漆黑："漆黑，看到没，你爹嫌弃你！"

漆黑看了我一眼，再看先生一眼，胡须抖了抖，决绝地一头扎进猫垫里，屁股撅得老高，还一抖一抖的。

我捂着心脏："漆黑！哼，没关系！你还有我！娘永远都不嫌弃你！"

漆黑的屁股抖得更厉害了……

我认输了："你惹的！自己哄！"

先生叹气，穿了鞋，走过去蹲在漆黑旁边，还真开始细声细气地哄它："漆黑，儿子，我没嫌弃你，真的，起来，别憋坏了……"

漆黑在听到先生的声音那一瞬间，就停止了摆屁股，朝向我的那只眼睛还露出来和我对视了一眼，完了也不等我给个暗示，便默契十足地重新扎回去，这回脑袋和屁股同时扭了……颇有"我不听，我不听"的风范。

我："……"

先生："……"

短暂的惊讶后，先生干脆放弃了言语安慰，索性低下头在漆黑的耳朵上亲了一口。

漆黑僵住了，缓缓抬起头，欲语还休地看了先生一眼，先生春风拂面地一笑，直接笑弯了眼睛，加之手心在漆黑大脑袋上揉了揉……漆黑开心得直打滚，圆滚滚的肚皮在我眼前忽远忽近，忽近忽远……

我忍不住怒："出息！"

先生手撑茶几，直起腰，迅速在我脸上亲了一口。

我反应过来如法炮制："你竟然亲过了漆黑，又来亲我！"

先生勾了勾嘴角，回头去看漆黑："漆黑，看到没……"

"你闭嘴！"

我急了，扑上去想捂他的嘴。开玩笑，漆黑要是突然戏瘾发作，在牛肉味的薯片吃完了的情况下，我可没有办法哄好黑大爷！

结果没想到黑大爷它爹竟然没站稳，被我一扑就扑到了地上。

黑大爷它爹抱着我，好像还很开心，胸膛一起一伏的，似乎没有立马放开我的意思。

漆黑早就撒了欢儿，滚到了自己的窝边，听见动静后终于爬起来，奇怪地看着我俩。

唉，刚还轮流嫌儿子呢，这会儿双双躺在人家刚滚过的地盘是什么鬼？

黑大爷看够了，走过来把爪子按着我睡衣下摆，试图拉我起来，眼神透露着“没脸看这对不着调的父母”的嫌弃。

可惜还没来得及使力，就被它爹用另一只手抱住了，趴在它爹的胸膛上和我大眼瞪小眼。

我撇嘴：看吧，不能怪你娘，是你爹忘记吃药了。

黑大爷耸鼻子：哼，别想瞒我，我都知道，一定是你带坏我爹的！

嘿，你个兔崽子！

2

在沙发上躺了半天，先生翻出上次苏老师硬塞的泡脚盆，说：“你泡会儿脚吧。”

我说好，放下电脑起身时，一个脚抽筋疼得我直接倒回去！

先生问：“怎么了？”

我抱着脚，答：“抽抽抽抽筋，哎呀，我是不是离一米七不远了啊？”

先生近来笑点明显降低，他拉过我的脚，笑出了月牙眼，用指关节在我脚心连续压了压：“你傻不傻，也不想想这几天你连续走了多少路，关长高什么事儿……好些了吗？”

我点头。

“好。”他把我的两只脚放进盆里，“你先泡着，我给你拿盒酸奶，然后给你按按。”

“烫烫烫……”

离开水面不到一厘米，又被先生一手按了回去：“你少来，谁泡脚是用温水泡的？我试过了，在可承受范围之内。”

说完另一只手往后把靠着茶几腿打盹的黑大爷拎到盆边：“漆黑，儿子，乖，帮我看着。”

“……”

先生去厨房拿酸奶了，我伸手拿了茶几上吃了一半的薯片逗黑大爷：“儿子，喝口娘的洗脚水，赏你一包薯片！”

黑大爷瞬间清醒，摆摆脑袋，龇牙咧嘴，一副士可杀不可辱的样子。

“啧，算了。”我把薯片丢回去。

先生拿了两盒酸奶，开了一盒弯腰放在茶几腿旁边：“漆黑，过来，你的。”

另一盒递给了我。

我毫不客气地把脚抬起来搭在他膝盖上：“说，是不是趁我不在，整天给我儿子洗脑，等我回来孤立我呢！”

先生低着头笑，用膝盖上的毛巾给我擦脚：“哪能啊，洗脑这么洗的……漆黑，你娘老是不着家，我重新给你找个好不好？”

“喵！”

黑大爷一脚踹翻了酸奶盒子，然后蹦上茶几，一路过关斩将，水果盘子、薯片袋子、乐高、笔记本，“噼里啪啦”全都靠边站，最后一巴掌拍在先生大腿上，眼睛瞪圆了：铲屎的！你再说一遍！

先生继续按，头都不带偏一下的，抬了抬肩膀：“都快形成条件反射了。”

我笑得停不下来，伸手招呼黑大爷：“儿子，过来。”

黑大爷扑到我怀里，爪子在我手臂上刨了刨，耷拉着脑袋，盯着它爹的手不动了。

我也跟着盯着，不说话，就很好。

3

先生出差不在家的第一天。

我晚上跟好友吃完饭九点半回到家，漆黑趴在鞋柜上，抬起头蔫蔫地看了我一眼，低头继续舔爪子。

我恍然大悟：“糟糕！我忘记你爹不在家了！这就去给你拿！”

漆黑“喵”一声，跳下鞋柜，稳住身体后，回头深深地看了我一眼，好像在说“没有我爹，你什么事儿都干不成”。

嫌弃完了，总算开始带路，我认命地跟着去开猫罐头。

先生出差不在家的第二天。

早上八点被漆黑吵醒，睁开眼时，它正直起身体站在床边，见我醒了，爪子刨了刨先生那边的被子，应该在问我它爹去哪儿了。

我迷迷糊糊打哈欠：“不在……”

它瞪我一眼，往卫生间走，不见，“喵”了一声，出门了。

我叹了口气，跟着起床准备给黑大爷上供。

黑大爷走进了先生常在的书房，还是不见，连“喵”了两声。

我靠在门上无奈地继续打哈欠，再睁开眼时，黑大爷已经转移到了客房门口，扭头狠狠地瞪我。

我一激灵：“喂喂喂，臭小子，你几个意思，你爹几时睡过客房？啊？”

黑大爷从客房出来，整个猫都蔫了。

我于心不忍，招招手：“过来，娘给你开薯片！”

黑大爷装听不见！原地趴下了！

小祖宗！

我走过去抱它："跟你说了，你偏不信！都说他去美国了！没准还要给你找个黄头发、蓝眼睛、大胸、大屁股的后妈呢！到时你就知道错了！还不听我话……"

话没说完，黑大爷一只肥掌拍我胸上，眼露嫌弃……

你个没良心的龟孙子！

不理你了！

饿死你吧！

臭不要脸！

4

苏夫人在跟苏老师吃饭的时候给我打电话，于是情况就变成了——

苏夫人问我："下班了吗？"

苏老师跟苏夫人说："你先喝点汤，我特意剔了肉熬的！"

苏夫人继续问我："吃饭了吗？"

苏老师："你吃个鸡翅，今天这个焖得刚好！"

苏夫人再问我："小叶什么时候回来？"

苏老师："你别只顾着说话啊！吃口饭，都快凉了！"

每次刚要答话就被打断，我不要面子的啊！

"爸！"

苏老师接过电话："宝贝儿，下班了就好好休息，没吃饭就去吃饭，没事儿就给小叶打个电话，让你妈先吃个饭啊，她早餐都没吃，就这样，拜拜！"

"……"

我走进卧室，刚回来的先生正躺在床上倒时差，呼吸轻柔绵长。

我脱了鞋子爬上床，把头枕在他的胸膛上，耳朵贴着他的心脏。

他动了一下，我刚要起身，就感觉他的手在我头顶摸了摸。

我笑了，没动：“醒了？”

“嗯。材料弄好了吧？”他的声音有点哑。

“嗯，都好了。”

“那就好，一起去柏林吧。”

“好。”

我把他的手握在手心，掌心纹路交错，多像这几年的时光，盘根错节，一幕幕都再清晰不过。

“你那学生，叫赵鸥那个，他说，叶老师每次上台，都会俘获少女心无数，叶老师有何感想？”

他在我额头上亲了一口：“弱水三千，只取一瓢饮。”

“你觉得你算不算是会撩的？”

“不算吧。”

“为什么？”

“谦虚使人进步。”

“……”

“此处应有奖励。”先生抽回手，在自己的右脸上点了点。

我笑着亲上去。

他依旧闭着眼睛，睫毛轻颤，嘴角向上弯起。

时光仿佛没有在他脸上留下任何痕迹，我清楚地记得，那天他打开门，眼里有一瞬间的惊讶闪过，然后勾起嘴角笑出两个酒窝，开口叫我的名字。

我目前的人生里最幸运的事就是我们分开差不多五年，再相逢时，从对方眼里看到了同样的心动。

我根本无法想象，要是他没有回来，或者说不是一个人回来，我会是什么样子。或许依旧忙碌，却无处安心，也或许有另一份幸福。都无所谓，没有如果，我关于爱情所有的定义，都是他。

后记

喜欢的另一个名字是你

Postscript

从 2016 年 12 月 17 日第一次发出苏秦欢和叶先生的故事，到 2018 年这个故事终于成型，以纸质书的形式出现在你们的眼前，我犹犹豫豫、断断续续、拖拖拉拉做了一年多的事情就是：你喜欢一个什么样的故事，我就去写一个什么样的故事。

非自传，信笔写来，讨君一笑。

短短几万字并不能告诉你们什么，事实上，我的初衷也不是为了告诉你们什么。

每个人都有自我选择的权利，幸福的形状也不止一种，或许有捷径，但多绕一段路未必吃亏。

故事讲完了，想感谢的人太多——谢谢好友们在写稿子过程中的投喂，谢谢编辑小姐姐的辛苦付出，谢谢所有久等的人……

我没有本事让你们在其中找到自己的影子，但我希望你们在拿起书到放下书的过程中，能保持微笑，内心柔软。

我没有公众号，没有个人话题，没有后援会，没有粉丝群。

谢谢你，陪我到这里。

祝有缘相识之人，均有福过最想要的人生。

要等待，要勇敢，要相信，这个世界坏不到哪里去。

苏秦欢

2018. 8. 1

图书在版编目（CIP）数据

喜欢的另一个名字是你 / 苏秦欢著 . — 南昌 : 百花洲文艺出版社 , 2019.2
ISBN 978-7-5500-3057-2

Ⅰ . ①喜… Ⅱ . ①苏… Ⅲ . ①故事—作品集—中国—当代 Ⅳ . ① I247.81

中国版本图书馆 CIP 数据核字（2018）第 243460 号

喜欢的另一个名字是你
XIHUAN DE LING YI GE MINGZI SHI NI

苏秦欢 著

出 版 人 姚雪雪
出 品 人 李国靖
特约监制 夏　童
责任编辑 袁　蓉　李　瑶
特约策划 张　丝
特约编辑 张　丝
封面设计 小茜设计
版式设计 王雨晨　赵梦菲
封面绘图 Candy 田
出版发行 百花洲文艺出版社
社　　址 南昌市红谷滩世贸路 898 号博能中心 I 期 A 座 20 楼
邮　　编 330038
经　　销 全国新华书店
印　　刷 嘉业印刷（天津）有限公司
开　　本 880mm × 1230mm　1/32
印　　张 8.5
字　　数 202 千字
版　　次 2019 年 2 月第 1 版第 1 次印刷
书　　号 ISBN 978-7-5500-3057-2
定　　价 36.00 元

赣版权登字：05-2018-437

发行电话　0791-86895108
网　址　http://www.bhzwy.com